秘密の授かり婚

～身を引こうとしたけど、エリート御曹司が逃がしてくれません～

n k o

マーマレード文庫

目次

秘密の授かり婚
～身を引こうとしたけど、エリート御曹司が逃がしてくれません～

秘密の授かり婚
～身を引こうとしたけど、エリート御曹司が逃がしてくれません～

プロローグ

「ただいま」

帰宅した私はソファに座り込んだ。

身体がだるくて何もしたくない。仕事をするだけで、こんなにも疲れるものだろうかと考え込んだ。

「どうしたの？」

母が心配そうな表情を浮かべて近づいてくる。

「夏バテしてるのかも」

「食欲は？」

「あまり食べたくないんだよね……」

せっかく夕飯を用意してくれたのに口にする気にならない。

「すず、あんた……もしかして……」

母がじっと私の顔を見て何か言いたそうなので、私は首をかしげた。

「どうしたの？」

「月のもの、ちゃんと来てる？」

その質問で、一度避妊を失敗したことを思い出す。

身も心もすべて愛し尽くされたあの日。

『すず、何かあれば必ず責任を取るから、絶対に言ってほしい』

『でも、今はそういう時期じゃないんだよね？』

『そうだけど、もし授かったら、その時は運命だと思う。俺を信じて一緒に前に進もう。だから、絶対に教えてくれ』

そんな会話を交わした。

新しい仕事が決まって業務内容を覚えるのに必死で、心の余裕がなくて大事なことなのにいつの間にか忘れていた。

出血もあったので、まさかそんなはずないと安心していたのだ。

普段から不順気味でたまに遅れることも多いし……。

（まさか……赤ちゃんが……いるの？）

もし本当に子供ができていたら、ちゃんと伝える約束をした。でもあれは彼の事情を知る前のこと。

真司《しんじ》さんは、一人前の男として認めてもらうために、すべてをかけて仕事に励んでいる。

『彼女に子供ができたから結婚させてほしい』

そんなことを彼の両親に言ったら、親子の縁を切られてしまうかもしれない。もしかしたら、産んだ子供を手渡して身を隠せと言われる可能性だってある。

頭の中で考え混乱した私はつい黙り込んでしまった。

「すず？」

「……あ、ごめん。どうだったかな。最近、忙しくて意識してなかった」

母をごまかそうと思っても無駄らしい。私の考えを見抜いたような表情を向ける。

私の隣に腰をかけ、やさしく手を握ってきた。その感触が力強くてすごく温かい。

胸にジーンと伝わってくるものがあり、なぜか泣きそうになった。

「思い当たる節があるのね」

「……うん」

私は素直に返事をした。

「どうして母と娘の運命って似るのかしらね」

儚《はかな》げな表情を浮かべて、私のことをそっと抱きしめる。

母はシングルマザーとして私を産んで育ててくれた。私も同じ道を辿《たど》るのだろうか。

「どんな未来が待っているかわからないけれど、お母さんの子供として生まれてきたことは後悔してない」

母は私の肩を持って、瞳を見つめてくる。

「ありがとね、すず。真司さんには素直に打ち明けられる？　彼はあなたのことをどう思っているの？」

「……今は難しいかな。実は、いろいろあって」

私は言葉に詰まる。

愛し合っているのに、私と真司さんは結婚が許される二人ではない。

はじめから彼の身分を知っていたら、好きにならなかったのになんて思うけど、本当にそうだろうか？

どこで出会っても、きっと私は彼を愛していただろう。

第一章　運命の出会い

私、丸川《まるかわ》すずは、東京の商店街でおにぎり屋を営む母と二人で力を合わせて生きてきた。

出勤前の購入者が多く朝七時には店を開店するため、毎朝四時に起きて準備をはじめる。

目の前には、定番の焼き鮭《ざけ》、おかかチーズ、ツナマヨ、肉味噌《にくみそ》など様々な種類の具材が置かれていた。ふっくらと炊き上がったお米の香りを嗅ぎ、微笑《ほほえ》む。今日も美味《おい》しいおにぎりを作ろうと気合を入れた。

握り終えたおにぎりをショーケースに並べ終えて、母に視線を送る。

「お母さん、オープンにするよ？」

「オッケー」

親指を立てて返事をしてくれた母。

シャッターを開けて『営業中』の旗を店頭前に置くと、早速客がやってきた。

「すずちゃん、おはよー」

「おはようございます」

近所に住んでいる出勤前の会社員、及川さんだ。

「ツナマヨと海老天《えびてん》ちょうだい」

「はい、五百円です！」

私は看板娘として明るく接客をする。

「すずちゃんの顔を見ると元気が出るよ！」

「ありがとうございます。いってらっしゃい！」

外に出て姿が見えなくなるまで見送った。

先日出会った一人の男性が頭に浮かび、つい私は大きなため息をついた。

「来ないな……」

「誰が？」

「え、いや、独り言」

「怪しいわね」

母が目を細めてくるが、私は気がつかないふりをして店内に戻った。

休みの日の楽しみは、おにぎりを持って公園でのんびりと食べること。自然が多いところに行って、何も考えずにぼんやりするのが好きなのだ。

あの男性と出会った場所も公園だった。

その日も私は休日を満喫していて、お腹《なか》が減ったので昼食にしようとベンチに腰を下ろした。

公園は家族で賑《にぎ》わっていたり、カップルが仲睦《むつ》まじくお弁当を食べていたり、犬の散歩をする人や、走りこんでいる人がいた。

何気なく横を見ると、すごくハンサムな男性がいた。サラサラとした清潔感のある黒髪に、意志の強そうな眉毛、形のいい二重で黒々とした瞳、鼻筋が通っていて、唇の形がいい。

こんなに整った外見をしている人に出会ったことがなかったので、見入ってしまう。ところが元気がなさそうに見えた。どこか遠くを眺めて、物思いにふけっているようだ。

(何か悩み事でもあるのかな？)

心配になったが初対面の私に声をかけられてもおせっかいだろうと思い、大きな口を開いておにぎりを頬張《ほおば》る。

咀嚼《そしゃく》すると米の旨味《うまみ》が口いっぱいに広がって幸せな気持ちになり、にんまりする。

『うち、商店街で小さなテイクアウト専門のおにぎり屋をやっているんです』

『お店、どこら辺なんですか？』

詳しい場所を聞いて、スマホにメモをしてくれている。

『今度、買いに行きます』

『ありがとうございます！　出勤するついでに購入してくれるお客さんが多いので、朝のほうが比較的、種類が多いかと思います』

『そうですか。俺はこの辺に住んでいて職場が新宿なんです』

おにぎり屋がある商店街からこの公園は少し遠い。うちの店に寄って出勤するとなれば遠回りになる。

『無理しないでください。土曜日も営業しているので、もし思い出してもらえたら来てください』

『ええ、必ず行きます。約束です』

意志の強そうな瞳に見つめられ、頬《ほお》が熱くなって目をそらした。

『あなたも握っているんですか？』

質問されたので彼に視線を移して頷《うなず》いた。

『はい。母と二人でやっていて、朝早く起きて握っています』

『これはリピートしたくなる美味しさですね。時間を見つけて通います』

『お待ちしております』

緊張がほぐれた私は口を左右に引き伸ばして、スマイルマークのような笑みを向けた。すると彼もつられたかのように目尻にシワを作ってやさしく笑う。整った顔をしているのでとっつきにくい印象だったが、笑顔を見ると人当たりのよさそうな感じだ。

『今日、ここに来てよかった』

独り言ちた彼は立ち去るのかと思いきや、そのまま隣りに座っている。

二人とも食べ終わったのに移動せず、無言のまま池をぼんやりと眺めていた。

立ち上がるタイミングを見失ったのもあるが、彼ともう少し会話を続けたいと思った。

『どうして、おにぎりをくれたんですか？』

遠慮がちに質問される。

素直に言ってもいいのか迷ったけれど、私は思っていることを口にした。本当に悩んでいるかどうかはわからないが、話せることなら話してほしいと思ったのだ。そうすれば少しは楽になるかもしれない。

『気のせいかもしれないですけど、元気がなさそうだったからです』

男性は目を大きく見開いた。

『すごい。あまり感情が顔に出ないタイプだと言われることが多いのですけど、見抜かれて驚いてます』

彼の顔がこちらを向いて、早口で言った。

『元気がないときは、白米を食べるとエネルギーが湧くって母が言っていたので。嫌なことがあっても一緒に飲み込んでしまえばいいって。嫌なことも経験。それが自分の糧《かて》になっていくって教えてくれたんです』

私は満面の笑みを浮かべて持論を並べる。彼は肩の荷が下りたように明るい表情になった。

『素晴らしい考えですね。嫌なことがあっても一緒に飲み込んでしまえばいい……、自分の糧になるか……深い言葉だ。美味しいおにぎりを食べて元気が出ました。ありがとうございます』

太陽のような温かな彼の笑みに釘付《くぎづ》けになった。

周りの時間が止まったかのように景色が見えなくなり彼だけが視界にいた。彼も真顔で私をまじまじと見てきた。

『あなたに話を聞いてもらって本当によかったです。ありがとう』

『いえ、私は何も』

彼は腕時計を確認した。

『そろそろ時間なので行きます』

名残惜しそうに言って立ち上がり、柔らかな表情を浮かべて会釈し去っていく。

彼はその場からいなくなってしまった。私の胸に違和感を残して。

その日から、もしかしたら彼が来てくれるかもしれないと期待しながら店に立っている。

温かくてやさしい時間を共有できたことが忘れられなくて、もっと彼のことを知りたいと考える時間が増えた。

連絡先やせめて名前だけでも聞いておけばよかったと、後悔が胸を押し寄せてくる。

(あぁ……この胸のモヤモヤ……なんだろう)

あれから一週間が過ぎたのに、彼はなかなか現れない。

社交辞令だったのだろうか。見ず知らずの人からおにぎりをもらって気持ち悪かったと思われたか。

普段は知らない人とあんなふうに話さないのに、気が合うというか同じ空気感というか。昔から知っている友人のように自然と話をすることができた。

「おはようございます」

その声で飛んでいた意識が戻る。正面を見ると今頭に思い描いていた彼が目の前にいたのだ。

私は喜びを隠すことができず、はちきれんばかりの笑顔を浮かべてしまう。

「おはようございます。来てくれたんですね！」

「はい。覚えていてくれて安心しました。約束をしたのに、なかなか来ることができずすみません」

「いえいえ、待っていました」

「待っていてくれたなんて、うれしいな」

爽やかな笑顔を浮かべて注がれる視線に胸が高鳴る。

身長一八十センチほどの引き締まった体躯《たいく》を仕立てのいいスーツに包んでいて、王子様みたい。

あまりのイケメンぶりに、隣りにいる母の表情がぱぁっと明るくなった。

「これから、会議があって。一緒に参加するメンバーの分も買おうかと思いまして。おすすめを二十個いただけますか？」

そんなに買ってくれるとは思わず度肝を抜かれる。

「たくさん、ありがとうございます！」

母が『私が見繕うから会話をしていなさい』と目で合図してくれた。

「これから出勤されるんですか？」

「ええ、最近は朝から会議が多くてあまり余裕がなかったので寄ることができなかったんです。今日の会議は多少遅れても大丈夫なものなので」

「お住まいの駅からだと遠回りなのに、わざわざ寄ってくださったんですか？」

「先日いただいたときとても美味しくて。あの味が忘れられなくて来ました。という理由もありますが、あなたにもう一度会いたかったんです」

綺麗《きれい》な瞳に見つめられながら、そんなことを言われると耳が熱くなる。

こんな素敵な人に甘い台詞《せりふ》をもらって、心臓がドキドキしないわけがない。狙っていっているふうでもなく、彼は自然だった。

「あ、ありがとうございます。照れちゃいます」

「これ、受け取ってもらえませんか？」

光沢のある茶色の手提げ袋を手渡された。

「これは……？」

「先日のおにぎりのお礼です」

「そ、そんなっ、わざわざいいですよ！」

私は慌てて顔の前で手を振るが彼は引こうとしない。

「あなたの顔を思い浮かべて選んできたプレゼントなんです。迷惑じゃなければぜひ受け取ってほしいです」

これから仕事があるようなので時間を取らせてはいけない。遠慮しながらもいただくことにした。

「ありがとうございます。気を使わないでくださいね」

「お待たせいたしました」

母がおにぎりの入った袋を渡した。

「食べるのが楽しみです。会社の仲間にも宣伝しておきます」

「ありがとうございます。いってらっしゃい」

「いってきます」

彼は明るい表情を浮かべ手を振り、駅に向かって歩き出す。あの様子だと悩みも解決して元気になったように見える。本当によかった。

去っていく彼を見送る。姿が見えなくなっても、なかなか目をそらすことができなかった。

心臓が過剰に鼓動を打っている。

（もしかして一目惚《ひとめぼ》れでもしちゃったの？）

あれほどのルックスで話し方もやさしくてプレゼントを渡されたらどんな人も胸がキュンとしてしまうから、恋なんかじゃない。そう言い聞かせて私は咳払《せきばら》いをする。

母が肘を突いてきた。

「ちょっと、あのイケメン誰？」

「公園で出会ったんだけど……」

「あんたもお年頃なんだからいいんじゃないの？」

二十六歳にして一度も交際したことがない私を母は心配していた。

初恋は中学生のときで、クラスの人気者のスポーツ万能の男の子。

そのとき、なぜ家には父がいないのか気になった。

母は一生懸命一人で育ててくれていることがわかっていたので、あまり触れてはいけない部分だと悟り聞いたことがなかった。しかし、どうしても気になって質問してみたのだ。

私の父親は名のある企業の御曹司だったそうで、身分差がありあり結婚できなかったとしぶしぶ口を開いて教えてくれた。

答えを聞いた私は、裕福な男性や大企業の御曹司などとは、恋愛をしたくないと強く思った。

そのうち恋愛すら億劫《おっくう》になり、誰とも付き合わずにこの年齢まできてしまったのだ。すると母は逆に心配をするようになった。誰か相手を探しなさいとまで言われている。


仕事を終えてシャッター降ろし自宅がある二階へと上がっていく。

母と夕食を済ませて自分の部屋に戻った私は、公園で出会った素敵な彼からもらったプレゼントを開く。

中身はクッキーセットだった。食べるのがもったいないほど綺麗でかわいらしい。

中に手紙が添えられていて深呼吸してから開く。

『おにぎり、ありがとうございました。あなたのおかげで元気が出ました。もしよければ友達になってもらえませんか？　連絡、お待ちしております。上根真司《かみねしんじ》』

「かみね……しんじ」

彼の名前を口の中で何度も転がす。それだけで喜びが湧き上がってきて、胸が温かくなった。

連絡を入れようとスマホを手に持つが躊躇《ちゅうちょ》する。男性と連絡を取り合って万が一恋愛関係に発展したらどうするのだろうか。

でも、この一週間、彼のことが気になって仕方がなかった。

恋愛ありきと考えなければいい。友達になろうと言ってくれているのだ。

『美味しそうなクッキーありがとうございました。母と食べさせていただきます』

考えに考え抜いた文章を送ると、一瞬で既読マークがついた。

「きゃあ、どうしよう」

男性と連絡先を交換してやり取りする経験がほとんどない。特別なことをしているみたい。

返事が来るかもしれないので、スマホを抱きしめながらそわそわと部屋の中を歩き回る。すぐに返事が届いた。どんな文字が書かれているのか、まるで宝箱を開けるような気持ちでメッセージを開く。

『喜んでいただけてうれしいです。おにぎりとても美味しかったです。また買いに行きますね。名前、教えてもらえますか?』

『名乗っておりませんでした。すみません。『丸川さんちのおむすび』の丸川すずです』

『やっと名前を教えてもらえました。イメージ通りのかわいらしいお名前ですね』

「かわいらしい？　えー？　……信じられないんだけど」

あんなにハンサムだから、女性の扱いに慣れていても不思議ではない。

あんまり彼の手のひらの上で転がされないようにしなければと気を引き締める。

メッセージを送るとラリーのように戻ってきた。

お互いの好きな食べ物や趣味の話をしたりして盛り上がり夜更かしをしてしまった。

どうしてこんなにメッセージを送ってくれるのだろう。

もしかして私に興味があるとか。いやいやそんなはずはない。

きっと今日は時間があって暇だったのだろうと思っていた。


しかし、気がつけば二週間。

メッセージのやり取りが日課になっていたのだ。

「すずさん、おはよう」

「真司さん、おはようございます！」

「ツナマヨと鮭《さけ》をもらえますか？」

「はい、少々お待ちください」

用意をしながら考える。

（今週は出勤前に三回も買いに来てくれているよね？　うちのおにぎりを相当気に入ってくれてるみたいでありがたいな）

「お待たせしました。新作のパクチーマヨネーズ、サービスで入れておいたので味の感想を教えて？」

「ありがとう」

「今日も一日頑張ってね。いってらっしゃい」

商品を手渡して笑顔を浮かべると彼は顔を近づけてきた。

「今夜もまた連絡するから。いってきます」

心臓がドキッとして私は頬が一瞬熱くなったが、冷静なフリをして手を振り続ける。彼の姿が見えなくなると胸に手を当てて大きく息を吸った。

（こうやってドキドキしているのは私だけなの？）

彼は友達として付き合ってほしいと言っていたのだから、きっと特別な感情は芽生えていないはず。友達関係なら安心できると思っていたのに、少しだけ寂しいと思う自分がいた。

仕事が終わり夕食を終えてから自分の部屋でメッセージ交換をする。これが最近の私の楽しみだ。

『新作のパクチーマヨネーズすごく美味しかった』

気がつけばお互い敬語でなくなっている。二人の距離が近くなっていく感じがするが、それを素直に喜んでもいいのか。

彼は私のことをどう思っているのか気になるようになっていた。

どんな仕事をしているのか知りたいけれど、でも私たちはただの友達だ。どこまでプライベートのことに踏み込んでいいのかわからなかった。

『カフェ巡りが好きなら、オススメの場所がある！　一緒に行かないか？』

『ぜひ、行きたい！』

『じゃあ、次の日曜日どうかな？』

『いいよ！』

誘われてつい誘いに乗る返事をしていた。次の日曜日にカフェに行く約束をしてしまった。

（どうしよう、これってデートじゃない？　違うかな。男女で出かけるからデートなんて安易な考え？）

部屋を飛び出して母の元へいく。

「お母さんどうしよう、デート……かな。これって」

「え？」

リビングのソファでおせんべいをポリポリと食べながらこちらを見ている。

「真司さんがカフェに行こうって誘ってくれたの」

「あら、デートじゃない」

母はにんまりとする。

「何を着ていけばいいかわかんないよ」

「どこに行くの？」

「カフェ！」

「あんなにイケメンでやさしい人とコーヒーが飲めるなんて！　あんたは幸せ者だね」

穏やかに笑っているけれど、私は正気ではいられなかった。

あっという間にデート当日を迎えてしまい、入念にメイクをして着替えを済ませた。

服装はニットのワンピースにコートを選んだ。

鏡に映る自分の姿を確認する。

私と母は親友同士のように仲よしで、顔がそっくりと言われることが多い。奥二重で垂れているせいか柔らかい印象だと言われる目。小さな鼻と薄い唇。肌はお餅に例えられるほど肌が真っ白。

身長はあまり高くなく、食べることが大好きで最近お腹の肉が気になる体型で、母のほうが断然スリムだ。

母は手入れが楽だからとショートカット。

私はこげ茶色のセミロングの髪の毛を後ろで一つに結んでいるが、今日はツヤツヤに見えるようにブローした。少しでもかわいく見られたいと思ってしまうのは女心なのだろうか。

家を出て待ち合わせの駅に向かって歩き、予定より早く到着した私は腕時計を確認しながら待っていた。

真司さんがやってくるのが見える。白いニットとジーンズにコートというシンプルな服装だが、遠くから見てもモデルのようだ。並んで歩くのが恥ずかしくなってしまうほど素敵だ。

「おはよう、すずさん。お待たせして申し訳なかった」

「いえ、私も先ほど着いたところ」

友達としてお付き合いしようと言ってくれたのだから、あまり意識しないようにしなければいけない。自然体で接することができるようにと心掛けよう。

「じゃあ、行こうか」

歩き出すとなぜか彼は私の手をスッと取った。動揺して手を引き抜こうとした私に彼が語りかけてくる。

「今日一日を通して、俺のことをよく知ってほしい」

「どういう意味？」

「恋人として過ごしてみてくれないか？　すずさんにとって合格なら、友達以上の関係に進みたい」

そんなことを言われると思わなかったので、目を大きく見開いた。

彼が私を女性として意識してくれているのだと気がつき、心臓の音が耳の奥で聞こえる。舞い上がってしまいそうだけど、恋愛って怖い。後戻りできなくなりそうだから。でも今までの人生でこんなに話したいと思った人はいなかったし、もっと彼のことを知りたいと思っている。

恋愛には消極的だったが母も年頃の女性なのだからと後押ししてくれた。せっかくの機会なので今日のデートを楽しもうと心に決める。

「うん、わかった。よろしくお願いします」

「ありがとう。じゃあ、案内する」

柔らかく微笑んで手をつなぎながら歩いていく。

男性と手をつないだことすらない私は、指にどれぐらい力を入れたらいいのかとか、緊張で手のひらに汗がかかないかとか、そんなことばかり気になっていた。すると彼は私の指先を親指で撫《な》でてくる。

「冷たいね、もしかして寒い？」

こちらに顔を向けて質問されたので、心臓が飛び出そうなぐらいドキッとした。

「いえ、緊張しているのかもしれない」

すると彼は楽しそうに笑い声を上げる。

「ガチガチになっていると疲れちゃうぞ。いつものすずさんでいてほしい」

「うん、そうだよね。ありがとう」

リラックスする言葉をかけてくれたので、徐々に私はペースを掴《つか》んで歩くことができた。

連れてきてくれたのは、いわゆる純喫茶というところだ。

店内に入ると染みついたコーヒーの香りが鼻の中を通り抜け、落ち着く雰囲気だった。

　さりげなくエスコートして私を先に座らせてくれる。

　男性に女性のような扱いをされたことがなく動揺していた。

　低めのテーブルセットに向かい合って座り、コーヒーとナポリタンを注文する。

「素敵な場所」

「気に入ってくれた？」

「こういうところすごく好き。公園の散歩をするのも好きだけど、喫茶店でゆっくり読書するのも大好きで」

「いつも一人で行動していたのか？」

「友達と来ることもあるけど、リラックスするところは一人で行きたいっていうのが本音で」

「今後はその隣に一緒にいたいな」

　ふざけて言っているのかと思って笑いながら顔を見たけれど、真剣な瞳を向けられた。

　ドキンと心臓が痛い。

　いちいち反応していたら今日一日持たないとわかっているのに、すぐに頬が熱くなる。

「あ、きたぞ」

「美味しそう。いただきます！」

運ばれてきたコーヒーもナポリタンもとても美味しい。

「老舗のナポリタンってどうして美味しいのかな」

気持ちが向上して笑顔を作ると、真司さんは楽しそうに肩を揺らして笑っていた。

「すずさんって本当に美味しそうにご飯を食べる。楽しく食事ができるんだ」

数分ごとに心臓を刺激されるような発言をされて、私はタジタジになっていた。

でもどうして私にこだわるのだろうか。彼ほどの素敵な人だったら女性も選び放題なはずなのに。

「そう言ってもらえてありがたいな。私もそうだよ」

「俺たち、気が合うんじゃないかな」

「そう思う！　一緒にいて楽しいし会話が途切れないもんね」

楽しく会話をしながら口に運んでいると、あっという間に食べ終わってしまった。

「今日はまだ時間ある？」

「うん、あるよ」

「どこ行きたい？」

この後も同じ時を過ごせるのだと思ったら、うれしくて気持ちが上昇していく。そしてデートならどこに行きたいかと思案する。

「映画でもどう？」

「いいね」

彼が近くの映画館を調べてくれてスマホで予約してくれた。

会場に移動するとドリンクとポップコーンを購入して並んで席に座る。ドラマや映画を見るときは集中したいほうなので一人がいい。でも真司さんが隣にいても嫌な気持ちにならなかった。

映画を見た後は、また違うカフェで感想を日が暮れるまで語り合う。

こんなにも楽しい時間があるのだろうかと思えて、別れの時間が近づき寂しくて身がちぎれそうだった。

外に出てから彼がうちの近くまで送ってくれた。まだ離れたくなくて公園のベンチに並んで座る。

「今日一日どうだった？」

「すごく楽しかった。こんなに意気投合できる友達と出会えて私は幸せ」

自分の心に抱いている感情が『恋』だと認めるのが怖かったからあえて『友達』と言った。

「友達として？　恋人としては無理かな」

「どうして私なの？　真司さんすごくモテそう」

遠慮がちに質問をして横目で彼を見た。

「誰でもいいわけじゃない。俺も自分と気が合う人がいいと思っているんだ。すずさんと過ごしていると心地がいいんだよね」

「そう言ってくれてうれしい」

でも彼はどんな仕事をしているのだろうか？　もしかしたら私の父のように大企業の息子だという可能性だってゼロではない。

しかし相手の仕事を聞いて判断しているみたいで嫌な感じがする。

たとえどんな仕事をしていても私は彼のことが気になって、これからも一緒にお茶をしたり、出かけたりしたいと思うだろう。

「すずさんともっと仲よくなりたい」

どう答えていいかわからず言葉に詰まった。

真司さんが立ち上がって私の目の前に片膝をついて見つめてくる。まるでおとぎ話のヒロインになったかのような気持ちになった。

何を言われるのだろうかと緊張しながら耳を傾ける。

「今日はすごく楽しかったです。もしよければ、俺と結婚を前提にお付き合いしてもらえませんか？」

ストレートな告白だった。

今まで誰かと交際することに不安を覚えていたけれど、そんなことがすべて吹っ飛んでしまうほど心を鷲掴《わしづか》みにされた。

彼と一緒に過ごしていきたい。結婚という未来に向かって歩いてみたい。素直にそう思うことができた。

「よろしくお願いします」

彼の熱い思いに押され、勇気を出して交際することを決めたのだった。

第二章　幸せな日々

「すず、おはよう」

「真司さん、おはよう」

交際して二ヶ月。もうすぐ五月に入ろうとしているところである。夏に向かって気温が上昇していき、空気が湿っている日も出てきた。

今でも彼は週に三回は出勤前に店に寄っておにぎりを買ってくれる。

母ともかなり打ち解けてくれ、このまま順調に交際が続きそうだなと感じていた。

「じゃあ、今日は鮭と、おかかチーズをいただこうかな」

「かしこまりました」

おにぎりを袋に入れて手渡し代金をもらう。

「忙しいのに寄ってくれてありがとう」

「すずの顔を少しでも見たいから。もちろん、おにぎりがおいしいからという理由もあるけどね」

甘いセリフに私の頬は熱くなった。でも彼は狙っているふうではなく本心で言ってくれているみたいだ。

ハンサムな彼が甘いセリフを言うとわざとらしく聞こえるかもしれないが、嫌な感じはまったくしない。

完璧な外見をしているので、隣を歩くのが恥ずかしくなるけれど、真司さんはいつもかわいいと褒めてくれるのだ。

見た目だけではなく、中身まで彼に見合うような人間になろうと、私は読書をする時間を増やし、メイクの研究をする日々。

真司さんと交際したことは私にとってプラスの出来事だったのだ。

自分磨きを頑張ろうと努力しているためか、ものの見え方が変わってきた。彼に出会えて感謝しかない。

私は真司さんの目の前に立ち、他にお客さんがいないのを見計らってネクタイを直す。完璧に締められているけど、少しでも彼に近づきたくて手を伸ばした。

「今日も一日頑張ってきてね」

「わかった。仕事が終わったら電話するから」

「いってらっしゃい」

私は笑顔で見送り振り返ると、母が微笑ましくこちらを見ている。

「本当に真司さんっていい人よね。早く結婚して息子になってほしいくらいよ」

「結婚だなんて……！　まだそんな話出てないし」

交際するときは結婚を前提にという話だったが、まだ付き合ったばかりだ。このまま付き合いが続いていけば、いつかの未来に結婚はあるということである。

「孫の顔を見られるのは、もう少し先かな？」

母が茶化《ちゃか》してくるので私は聞こえないふりをしてショーケースの中にあるおにぎりを整理した。

ランチタイムが終わるまでずっと立ちっぱなしだが、午後二時が過ぎると少し落ち着いてくる。それどころか最近は、午後からは暇で仕方がないのだ。

実は半年前、近所に新しいおにぎり屋ができて客が取られてしまい、経営状態が思わしくない。

そこは飲食スペースもあるおしゃれなおにぎり屋さんで、メニューも珍しい野菜を使っていたり、見た目が美しかったり、今時のアイディアが満載の斬新なお店になっている。

うちはテイクアウト専門。田舎のおばあちゃんが作ってくれるような温かいおにぎりである。

昔からの顔なじみは浮気をせずに家のおにぎりを買ってくれるけど、学生やまだ若い人は物珍しさから新しいお店に行ってしまう。

他店にはお客さんが増え、テレビや雑誌にも取り上げられて連日大盛況。

その影響で家の売り上げはかなり減ってしまったのだ。

ライバル店ができるまではアルバイトを雇っていたが、お給料を払うことが難しくなり、母と二人でやることになった。

夕方に買いにくるお客さんもいるので営業はしているが、微々たるもの。このまま続けていてもいいのだろうか？

午後三時。私は母とぽつぽつと会話をしていた。

「昼間だけの営業にしようかなと思っているの」

「やっぱり夕方は難しいよね……」

「前はお客さんが多くて売り上げがよかったんだけど厳しいね。それに体力もきつくて」

やつれた表情の母を見ると胸が締めつけられる。

母と二人で夕方までの営業は負担があり、毎日が疲労困憊《ひろうこんぱい》だった。

もし、昼営業だけにするなら、売上が減り私への給与は雀《すずめ》の涙になってしまうだろう。

母の体力を考えても、朝から夜まで働く生活はいつまでも続けられない。

「仕事を探してみようかな？　でも安心して。朝の仕込みは一緒に手伝ってから行くから」

「そんな無理をさせられないわよ」

「無理なんかじゃないよ。私、秘書の仕事がしたいって言ってたでしょ？」

過去に見たドラマの影響で、もし可能なら秘書の仕事をしてみたいと通信講座で検定を取得していた。

女手一つで母は私を大学に行かせてくれ、本当はどこかに就職しようと思ったが、当時はおにぎり屋の仕事がとても忙しく、私が手伝う流れとなったのだ。そのため一度も一般企業に就職をした経験がない。

大学時代にも実家の仕事を手伝っていたので、社会に出たことがなく不安がないと言えば嘘《うそ》になる。

しかし、やっと外で働けるのかもしれないと思えば、楽しみな気持ちも湧き上がってきた。

「検定も頑張って取ってさ。忙しいながら、あんたは偉いと思う」

「ありがとう。頑張り屋なのはお母さんに似たのかな?」

からかうように言って私はにっこりと笑顔をかけた。そして真面目な表情に戻る。

「すぐに秘書っていうのは難しいかもしれないけど、そういう仕事を探してみようかなって思うんだ」

「そうね。すずの仕事が見つかったら、昼だけの営業にしようかな」

私は納得したように一つ頷いた。


仕事を終えて店のシャッターを下ろし、階段を上がっていく。

夕食を簡単に済ませ、入浴をしながら今後の未来を考えていた。

二十六歳になって仕事を探すというのは、経験がない私にとって難しいことかもしれない。

結婚には憧れがなかったが、彼と出会って考えが変わった。

交際してまだ二ヶ月でも、真司さんとは結婚したい。心から彼のことが大好きだ。

付き合ってまだ日は浅いのに、これ以上好きになれる人はいない自信がある。

結婚して子供ができて……という流れが一番理想ではあるけれど、授かり婚でもいい。今はそういうカップルもたくさんいる。

彼のお嫁さんになることができればどんなに幸せだろうか。でも家を出るための口実として、一緒になることを提案したくない。

自分からではなく、彼のタイミングのいいときにプロポーズをと願っている。

男の人は家庭を守るために仕事の基盤をしっかりさせなければいけないと、女性よりもプレッシャーが大きいと聞いたことがある。

今は年齢的にも大事な時期だろうから私は陰ながら彼のことを応援したい。だから今は自分のできることを精一杯頑張るしかない。

「よっし、早速、求人を確認してみよう！」

すっかり長湯をしてしまった。バスルームから出て火照った頬に化粧水をたっぷり塗りこんだ。

浴室から自分の部屋に戻り、求人サイトを確認しようと思いスマホを手に持った瞬間、着信が入った。

画面には真司さんの名前が映し出されている。急いで通話ボタン押して耳に当てた。

「もしもし、真司さん？　お仕事お疲れ様！」

『ありがとう。今日は忙しかった。でも、すずが握ってくれたおにぎりのおかげで頑張れた』

電話越しでもよく響く素敵な低音。耳に受話器を当てて話しているだけで、囁《ささや》かれたような気分になって恥ずかしくなってくる。

「お役に立ててうれしいなぁ。頑張れたならよかった」

自分でも驚くほどやさしい声で言った。温厚な彼と話をしていると、自分まで人に温かく接しようという気持ちになるのだ。

『すずの声を聞いていると心が和む』

「ありがとう……私もだよ」

『家に帰ってきたら、すずがいつも近くにいてくれたらいいのに』

心臓の鼓動が少しずつ加速していく。このリズムが心地よくて、いつまでも浸っていたくなる。

本当は電話越しではなくて、直接会って彼の体温に触れたい。

こんなにも会いたくてたまらなくなる人はなかなかいなかった。

きっと真司さんは運命の人なんだと思う。

『すず、好きだよ。……本当に好きだ。手放したくない』

「私も、真司さんのこと、大好き」

言葉に出すとくすぐったくて照れくさいけれど、自分が彼のことを想《おも》っている気持ちがさらに強くなっていく。

「秘密主義なところはちょっと気になるけどね」

『あははは。そうかな？　俺はすずには何でも話しているよ』

真司さんは、どんな仕事をしているのか具体的には教えてくれない。

メーカーで働いているということは教えてくれるが、休みの日は仕事の話をするよりも、二人で楽しく過ごしたいと言う。

しつこく聞くのもどうかと思って詳しくは聞いていなかった。

大金持ちの企業の御曹司とかでなければ、どんな仕事をしていてもいい。

彼の家は私たちが出会った公園のすぐそばで、至って普通のマンションに住んでいた。その部屋に入って私は安心した記憶がある。

あまりにもお金持ちそうだったら、交際するのはやめようと言うつもりだったのだ。詳しく話は聞いていないけれど、きっと彼は普通のサラリーマンだと信じている。

富豪男性が私のような庶民に興味を持つわけがない。母のような例もあるから一概にはそうとは言えないかもしれないけど。

「じゃあまた明日ね。おやすみなさい」

『おやすみ』

電話を切って私はスマホを胸に抱きしめた。

どんどんと好きになっていく。好きになっていきすぎて怖い。

私たちに別れの日はやってこないと思うけれど、永遠に一緒にいられますようにと願うような気持ちだった。

◆

日曜日になり、白いコットンワンピースにカーディガンを羽織って、メイクも頑張って、準備万端な状態で玄関の前で待つ。

真司さんに会えるのがうれしくて顔が緩む。こんなに浮かれていたら怪我《けが》をしてしまうかもしれない。

気をつけなければと気を引き締めているところに、車が到着し運転手席から彼が降りてくる。

薄手のジャケットを羽織りジーンズというラフな格好でも、足の長さが目立っていて今日もかっこいい。

洗いたてのシャツのような爽やかな笑顔を浮かべて、助手席を開けてくれた。

「おはよう、すず。今日もかわいいね」

「ありがとう。真司さんもかっこいいよ」

朝から砂糖たっぷりなパンケーキにハチミツをかけて、トッピングにバニラのアイスを乗せたぐらい甘い会話をしている。恋人関係というのはこんなものなのか。

「さ、乗って」

「うん、お邪魔します」

彼が私を車に乗せてから運転席に回って、覆《おお》いかぶさってきた。朝からドキッとして目を強く瞑《つぶ》る。真司さんは私にシートベルトをしてくれただけだった。

(私ったら、何を破廉恥な想像してんのよ)

「ちゃんとシートベルトしないと危ないだろ?」

「ごめんなさい。ついつい浮かれちゃって……」

「俺に会えることがそんなにうれしかった?」

からかうように言う。

「うん。楽しみだった」

隠さず気持ちを伝えた私に微笑みかけて、長い手が伸びてくる。やさしく頬を包み込まれ、朝から甘い眼差《まなざ》しを向けられた。私の心臓の鼓動が加速し頬に熱が溜《た》まってくる。

「素直に伝えてくれてありがとう」

アクセルを踏んで出発進行だ。

横顔をちらっと見ると鼻が高くて肌が綺麗で、見惚《みと》れてしまう。

「今日はイタリアンを食べたいって言ってたから、予約しておいたぞ」

運転しながら話しかけてくれる。

「すごく楽しみ！　寝坊しちゃってまだ何も食べてないの」

「そっか。眠れなかった？」

「うん、考えごとをしていて」

「大丈夫か？　俺に話せることだったら言ってほしい」

実家の店の営業時間を縮小して、私が働きにいくという家の話をしてもいいのだろうか。それで求人票を遅い時間まで見ていて眠れなかったなんて話したら心配させてしまうかもしれない。

なかなか言い出せず黙っていた。赤信号で止まったタイミングでこちらに視線を向けられる。

「なんかあったんじゃないのか？」

隠しごとをするほうが彼に悪い気がして、素直に打ち明けようと口を開く。

「実は仕事をしようと思っていて……」

「仕事？」

「近所に競合店ができてしまって実家の経営がちょっと大変なの。しかも母も長い時間働くのが難しくなってきて、営業時間を縮小するつもりでいてね。私はこの機会にどこかの会社で働こうかと思っていて」

「そうだったのか」

信号が青になりまた車が走り出す。

「私、一般企業で働いたことがないから憧れもあるんだ。せっかくだからチャレンジしてみたい。前向きにとらえているの」

「その言葉を聞いて安心した。すずがチャレンジしたいなら俺は応援するから」

「ありがとう」

「できれば日曜日は休みの仕事がいい。そうじゃないとなかなか会えないから。でも、もし平日しか休みがない仕事についてしまったとしても、遅くなっても少しでも顔を見に行くから」

「真司さん、大好き」

照れくさそうに笑って「わかっているよ」と言ってくれた。何度も好きという言葉を口にすると嘘っぽく聞こえてしまうかもしれないが、あふれる気持ちが口をついて出てくる。

日曜日といえばぼんやりと一人で散歩をすることが定番だったが、彼と付き合いはじめてから素晴らしい休日を送っている。

ランチをしてドライブすることもあるし、公園でぼんやりと過ごすこともある。

土曜日の夜から会うこともあって、彼の家でお泊りし、甘い夜を過ごす日もあった。

とにかくどこに行っても何をしていても真司さんと一緒なら楽しくて仕方がないのだ。

到着したレストランにはイタリア人のシェフがいて、メニューを見たらどれも美味しそうだった。迷う私にアドバイスをしてくれる真司さん。二人でシェアをして食べることになった。

どれも料理は絶品だった。店の雰囲気もよかったし、彼の店を選ぶセンスはずば抜けて素晴らしい。

食事をした後、珍しく彼がリクエストしてきた。

「デパートに行きたいんだけど、付き合ってもらえる？」

「うん、いいよ」

そう言ってレストランの近くのデパートの駐車場に車を入れた。ぶらぶらと歩きながらウィンドウショッピングを楽しむ。

何か欲しいものでもあるのだろうかと思いながら歩いていると、なぜかおもちゃ屋さんに入っていく。

真司さんにくっついて一緒におもちゃを眺めていた。

ふと横を見ると彼はものすごい真剣な表情で見つめている。

「おもちゃ、誰かへのプレゼント？」

「あ、いや。今の子供って、どんなおもちゃで遊んでいるのかなと思って」

「真司さん、子供が好きなんだね」

真司さんの子供だったら、とてもかわいい子供が生まれてくるに違いないと勝手に想像してしまった。彼の赤ちゃんを産むのが、自分だったらいいなと頬が緩む。

愛する人と家族を作っていく未来を思い浮かべた。

それはまだ先のことだろうし、彼と結婚できるかなんてわからない。約束はしているけれど未来は変わるし、絶対というものはないと思う。

何を幸せな想像をしていたのだろうかとハッとした私は、気を引き締めた。

「子供は大好きだ。結婚したらたくさん子供を作って、賑やかな家庭にしたい」

「私は一人っ子だから、いっぱい家族がほしい。それこそ野球のチームを作れるくらい！」

にっこり笑って言うと彼はじっと見つめてきた。

子供をたくさん作りたいと言っていたけれど、産んでほしいとは言われていない。交際するときに結婚前提にと言われていたから、ついつい調子に乗ってしまった。今の質問に対して適切な答えじゃなかったと反省する。

「ごめんなさい……あのっ、深い意味はないの。気にしないでね」

ごまかしているのにそれでも彼は真剣な眼差しを向けてくる。気を悪くしてしまっただろうかと焦燥感に駆られていた。

「……すずには、父がいないだろ？」

「うん……」

「もしよかったら、どうしていないのか聞かせてくれるか？」

この話は、仲のいい友人でさえしたことがなかった。容易に言えるような内容でなくて、私は口を噤《つぐ》んでしまう。

「すずとは本当に結婚を考えているんだ。だから、教えてほしい」

まっすぐに気持ちを伝えられ、結婚を意識してくれているのがわかった。そうであれば、家庭環境が気になるのは当たり前のことだ。

私もできることなら真司さんと結婚したい。だから勇気を出して話さなければ。

「場所を移してもいいかな」

「そうだな。公園でゆっくりしようか」

彼の住んでいる家の近くの公園に移動した。

私をベンチで待たせて、彼は近くの自動販売機でアイスココアを買ってきてくれた。受け取ってお礼をする。

「ありがとう」

しばらく無言の時間が流れた。

私のタイミングで話すのを待っていてくれているのだろう。いつまでも重たい空気の中にいるのはいたたまれなくて、口を開く。

「私は父に一度も会ったことがないの」

「それは……、離婚したから?」

私は首を横に振った。

「母は、結婚をしないまま、私を産んでくれたの」

「そうだったんだ」

「どうしても結婚できない理由があって……」

「その理由、話せそうか？」

すんなり口にすることはできなくて躊躇した。でも結婚を考えてくれている彼に、いつまでも隠しておけない。

話すなら今が絶好のタイミングである。私は勇気を振り絞って、遠くを見つめながら話しはじめる。

「母は大企業の副社長さんとお付き合いしていたんだって。本当に父のことが大好きで、愛していて……。そんなときに私を身ごもったの」

「……うん」

急《せ》かすわけでもなくしっかりと耳を傾けてくれていた。

「でも母は幼い頃に父を病気で亡くしていて、決して裕福な家庭とは言えなかった。どちらかというと貧乏で学校も中学までしか行けてないの」

「そうだったのか」

「母は父に妊娠したことを告げて。父は結婚しようと言ってくれたみたいなんだけど、父のご両親に挨拶に行ったら、身分差がありすぎるって言って反対されたみたいでね」

いつしか彼は相槌《あいづち》を打つこともなく、集中して話を聞いているようだった。

真司さんがどんな表情をしているのかわからないけれど、息を詰めているのがわかる。

「もし、子供を産んだら子供だけは血筋を引いているからもらうって言われたそうで。母は我が子と引き離されることに恐怖心を抱いて、愛する父の元から消えて、一人で私を産んでくれたの」

本当のことを打ち明けて、私はひどく緊張していた。

幼い頃に父がいないという理由でクラスの男子にからかわれたことがあって、普通の家庭ではないのだと思いながら生きてきた。母が私を一生懸命育ててくれたことは間違いないが、こんな話を聞いて彼はどう思うだろうか。

「お母さん、一人で頑張ってくれたんだな」

柔らかくて温かい声だった。

「私を産んでから必死で働いて、そして、おにぎり屋さんを開業して、大学まで行かせてくれたの」

「すずをこんなに素敵な女性に育ててくれたことに感謝だな」

否定することもなくすべてを受け止めてくれているようだった。真司さんはとてもやさしい。こちらまで穏やかな気持になってくる。

「すずは、お父さんのこと、どう思ってる?」

その質問に顔が強張《こわば》っていく気がした。

「父に対しては複雑な感情を持っていて。きっと父も母を愛してくれていただろうと思うんだけど。どうしても恨むような気持ちがあって……。好きだったら本気で探さなかったのかなとか。母を引き止めることを真剣にやらなかったのかなとか考えちゃうの」

「それは仕方がないことだよな」

切ない声でつぶやいた。

気持ちをわかってくれたことに安堵感《あんどかん》を覚えていた。なので、私は自分の中に溜《た》め込《こ》んでおいた感情をつい吐き出してしまう。

「私は大企業の社長の息子さんとか、お医者さんの息子とか、社会的地位のある人とはお付き合いをしたくないと思っているの。そういう人と知り合う機会もないから、心配する必要はないんだけどね。差別していると思われるかもしれないけど、母の生きてきた背景を思うと、どうしても受け入れられない」

なぜか彼は口数が減り、何も話さなくなってしまった。こんなに暗い話をして嫌な気持ちにさせてしまったかもしれない。

「重たい話になってごめんなさい」

真司さんは、私の膝の上に置いてある手をそっと握る。どんな表情をしているのかおそるおそる顔を左に向けると、慈愛に満ちた瞳をしていた。

「話を聞かせてくれてありがとう。話しづらかっただろう？」

「いつかはちゃんと話さなければいけないと思ってたから、聞いてくれてありがとう」

「絶対にすずのこと幸せにするから。何があっても俺のことを信じてほしい」

私の手を握る力が強くなる。出生の秘密を知っても変わらずに思ってくれる真司さんの温かさが胸に染みて、涙があふれてきた。

彼は太陽の日差しよりも温かな笑顔をかけて、指の関節で涙を拭ってくれる。

「すず、ちゃんと時期が来たらプロポーズするから待っていてほしい。俺、仕事頑張るから」

「うん。私も真司さんに相応《ふさわ》しい女性になれるように、努力していく」

その後、私たちは真司さんの家に移動した。玄関に入るなり、お互いを求め合うように唇を重ね合わせ、キスをしながら移動してベッドに寝かされた。

愛する人の瞳の中に自分が映っていることに幸せを感じる。

私は笑みを浮かべてそっと手を伸ばし彼の頬に触れた。その手を取ってやさしく指にキスをしてくれる。

「すず、愛してる」

「私も……愛してる」

口に出して愛の言葉を言うのは恥ずかしかったけれど、自分の気持ちが相手に伝わることに喜びを覚えた。

いつも壊れ物を扱うようにしてくれるけれど、今日は細胞一つ一つまで彼の愛情を刻み込まれたみたいな気がして、私と彼が本当に一つになったような気がしていた。

私は意識を失いかけるまで、彼の腕の中で甘えた。

ところが、事件が起きたのだ。

すべて終えたあとに避妊具が破れてしまった。呆然《ぼうぜん》とする私を彼が思いっきり抱きしめる。

「すず、何かあれば必ず責任を取るから、絶対に言ってほしい」

「でも、今はそういう時期じゃないんだよね？」

「そうだけど、もし授かったら、その時は運命だと思う。俺を信じて一緒に前に進もう。だから、絶対に教えてくれ」

「……うん、わかった」

あまりにも真剣に言うので私は頷いた。

愛する人の子供を授かる可能性がある。

避妊に失敗したからと病院に行けば対策をすることもできるはずだ。だけど、どうしても自らの手でその可能性を潰すのはできなかった。

もし本当にお腹に宿っていたら、母になりたい。私は覚悟を決めた。

「遅くまで引き止めてごめん。送っていくから」

「大丈夫、まだ電車は動いている時間だし、一人で帰れるよ」

「そんなわけにいかない。俺が心配なんだ」

「わかった、ありがとう。じゃあ、お言葉に甘えさせてもらうね」

明日仕事じゃなければ朝まで一緒に過ごせたのに。

残念な気持ちを吸い込んで、送ってもらうことにした。


出生の秘密を打ち明けてからまもなくして、理想の仕事を見つけた。

それは、ベビー用品メーカー『ステップベビー』の秘書課で事務の補佐という仕事だった。

専属秘書ではないが、やりたいと思っていた仕事に近かったので、履歴書を送付するため仕事を終えてから企業ホームページを見た。

マウスを動かしながら食い入るように見る。

『ステップベビー』は一九二一年、アメリカで創業。

日本とアメリカのハーフだった創業者が、最後は日本で暮らしたいと願い、日本に本社を移した。

現在アメリカでは五百店舗、日本では七百店舗あるようだ。

誰もが知っている有名なおもちゃ屋さんというイメージが強い。おもちゃだけではなく、ベビー用品なども取《と》り揃《そろ》えられている。

そんな大きな会社で秘書補佐として働くことができればと、私は胸を高鳴らせていた。

履歴書と職務経歴書を書くが、おにぎり屋の経験しかないので筆が止まってしまう。でも、秘書補佐の仕事をしたいという熱い気持ちは悔いなく書こうとアピール欄にびっしりと文字を書いた。

「こんなに書いたらしつこいかな……」

そして次の日、祈るような気持ちで郵便局に封筒を持っていった。

郵便局から外に出ると私はお腹に手を添えた。もしかしたら子供ができているかもしれない。

真司さんは授かっていたら、責任を取ると言ってくれていたのだから、あまり心配しないようにしようと思って歩き出した。

それから一週間後、生理があった。

ホッとした気持ちと残念な感情が入り混じったが、これから働こうとしている私にとってはよかったのかもしれない。

トイレから出たとき、スマホに電話がかかってきて、まさかの書類審査通過。本社まで面接に来てくれと言われ、それまたまさかのその場で合格をいただいた。

そして、六月一日。

今日から出勤するため、ブラウスとタイトスカートを着用し意気揚々と家を出た。

仕事が決まった話を真司さんにすると喜んでいて、近いうちに就職祝いをしようねと言ってくれている。

職場は新宿にあり、電車で通勤。朝の通勤ラッシュの人混みには驚いたけれど、私も今日から社会人として働くのだと身が引き締まる思いだった。

電車の扉が開くと一気に人の波に押されて私も出される。

通勤は戦いだ。

出勤だけで疲れた私はオフィスビルに到着し見上げるとテンションが上がり、元気を取り戻した。

面接のときに一度来たけれど、やはりすごいと感心してしまう。

自動ドアをすり抜けて、警備員に頭を下げエレベーターホールに向かった。

メイクが完璧な女性社員や、スーツを着こなしている男性と乗り込み、最上階ボタンを押した。意気揚々と秘書課に到着し、内線電話で呼び出しボタンを押す。

すぐに出てきてくれたのはボブヘアーでメガネをかけている色の白い綺麗な女性だった。まさにテレビで見るような秘書さんという感じだ。

「本日からお世話になります、丸川すずと言います。どうぞよろしくお願いします」

「遠藤《えんどう》と申します。よろしくお願いします。こちらへどうぞ」

中へ通されて見渡すと、デスクとパソコンが一人ずつ用意されていて、白を基調にした開放的な空間だった。おしゃれなオフィスという感じで胸が高鳴る。こんな場所で働けるなんて夢みたいだ。

「まずは秘書課長にご挨拶しましょう」

遠藤さんに促されて、私は大きなデスクに座っている中年男性に近づいた。

「高柳《たかやなぎ》と申します。あなたが来てくれて助かりました。どうぞよろしくお願いします」

背が高くて笑うと目尻にシワができるやさしそうな人だ。柔らかな雰囲気で緊張が少々ほぐれた。

「よろしくお願いします」

自分の席が案内され、ちゃんとパソコンが置かれていることにも感動した。本当にここの会社の契約社員として働くのだと実感してくる。

朝礼がはじまり、紹介を受けて挨拶をさせてもらった。

秘書課は私を入れて全員で八名。男性も女性もみなさん知的そうに見える。足を引っ張らないように精一杯努力しようと気合を入れた。

朝礼が終わり、遠藤さんが業務の説明をはじめた。

「私たちの会社は、社長と副社長には専属の秘書がついております。その他の役員の仕事は全員で補佐しています。社長の秘書はあそこの席に座っている長田《ながた》さんよ」

顔が小さくて黒髪ストレートを後ろで綺麗にまとめているスーツを着こなした女性

だった。

「副社長の秘書は、あちらにいる河野《こうの》さん」

河野さんはまだ若い、メガネをかけている知的そうな男性だった。

「事務仕事がとても多いので、丸川さんには主にデータ入力の仕事をしていただきたいと考えています」

「わかりました」

「それと、役員に来客があった際と、社長と副社長の専属秘書が忙しいときもお茶出しをよろしくお願いします」

「かしこまりました」

改まった雰囲気であるこの部署で話をしているだけで、背筋がぴんとなる。

「直接役員から仕事依頼されることはないと思いますが、新しく働くメンバーとして、社長と副社長にご挨拶しに行きましょう」

廊下に出てすぐ隣に社長室があり、もう一つ奥に副社長室があった。大企業のトップと話をする機会などないので足が震える。

遠藤さんが社長室の扉をノックすると応答があった。

許可を得てから中に入り、そこにいたのはグレイヘアをきっちりと固めた貫禄《かんろく》のある男性だ。どこかで会ったような気もするが、私にこのような知り合いは絶対にいない。

「社長、おはようございます。本日から秘書補佐として働いていただく丸川すずさんです」

紹介されて頭を下げる。

「丸川です。よろしくお願いいたします」

「噂《うわさ》では聞きましたよ。履歴書に熱い思いをびっしり書いた方が入社してくださると」

噂されていたのだと知り、恥ずかしく頬が熱くなった。

「お世話になりますが、どうぞよろしく」

「よ、よろしくお願いします」

挨拶はあっという間に終わったが、心臓が破裂しそうなほど鼓動を打っていた。

「社長は厳しい方だけど、社員思いで、気さくに話しかけてくださるのよ」

遠藤さんは副社長室に向かう途中、笑顔で教えてくれる。

数メートル歩くとすぐに副社長室に到着し許可を得てから中に入った。

ところが副社長の顔を見た瞬間、私は気絶しそうになった。

(え？　……な、なんで。どうして、真司さんがここにいるの？)

背もたれの高い椅子から立ち上がり、こちらをじっと見つめている。姿勢がよくて仕立てのいいスーツを着こなし、力強い視線を向けてくる。

私が入社することをいつから知っていたのだろうか。

「副社長、おはようございます。本日から秘書課で補佐として働いていただく丸川すずさんです」

挨拶をすることも忘れ一点を見つめたまま私は固まってしまった。そんな私の肩を遠藤さんがやさしく叩《たた》いて挨拶するように促してくる。

「丸川さん、ご挨拶して」

名前を呼ばれていることに気がついて、私は慌てて口を開いた。

「丸川すずと申します……よろしくお願いいたします」

「上根真司です。この会社で副社長をしています。昨日の帰り際、丸川さんの履歴書を拝見し、一緒に働けることを楽しみにしておりました」

白々しい挨拶をしている彼に、私は絶望と怒りが湧き上がる。

出生の秘密を話して、裕福すぎる家庭の人とはお付き合いしたくないと伝えたはずなのに、どうして隠していたのだろうか。

私の母も父を好きになったとき、まさか大企業の息子だとは知らなかったと言っていた。

「よろしくお願いします」

頭を下げて遠藤さんと一緒に出ていく。

「丸川さん、もしかしてうちの副社長があまりにもハンサムだから緊張しちゃいましたか？」

形のいい唇に手を当てて上品に笑っている。まさか、お付き合いをしているなんて言えるはずもなく、曖昧に返事をした。

「社長と同じで社員にすごく親切なんです。しかもあのルックス。社内外からとても人気があるんですよ」

「そうなんですね。納得します」

笑顔でなんとか話していたが、どうしても自分の父と重ねてしまい嫌な気持ちが胸を支配していた。

「おかえり、会社どうだった？」

帰宅すると母が笑顔で迎えてくれる。

真司さんのことを話そうか一瞬悩んで口をつぐんだ。その様子に気づいた母は顔を近づけてきた。

「何かあった？」

母と娘二人で暮らしてきた私たちは、親友のように何でも話す仲だ。今は母に恋人はいないけれど、昔好きな人ができたときにも素直に打ち明けてくれた。

ソファに腰を下ろして、脱力しそうな体をなんとか奮い立たせる。私の目の前に座って、心配そうな瞳を向けてきた。

「実はね、彼が同じ職場で働いていたの」

「え？　そんな偶然があるんだね」

頷いた私は力なく笑った。

「御曹司で、副社長だった」

「……副社長？　普通のサラリーマンじゃなかったの？」

「ずっとサラリーマンだと思っていて……。まさかあんな大企業の副社長なんて思ってもいなかった」

母はテーブルの上で指を組んで、眉間に深くシワを刻む。

せっかく決まった仕事なので、あまり心配させたくない。

私は元気な表情を浮かべて、立ち上がる。

よ。あぁ、お腹空いちゃった！」

「びっくりしたけど、職場の人がすごくいい人ばかりで。働きやすそうな環境だった

「今日は、すずの好きな鯖《さば》の味噌煮《みそに》を作っておいたよ」

「ありがとう！」

平気なふりをして母の手料理を夜ご飯を食べた。

入浴を終えて自分の部屋に戻ってくると、スマホが鳴り嫌な予感がした。着信相手は真司さんだった。

電話に出ようか迷ったけれど、私はどうしても受け止めることができなくて、結局通話ボタンを押すことはなかった。

『黙っていてごめん。ちゃんと自分の言葉で伝えたいから、時間を取って話をしてもらえないか？』

メッセージが届き、何度もその文章を読み直した。

彼が私のことを心から愛してくれているのはわかる。

副社長をしながら忙しい日々を過ごしていたはずなのに、毎日のように連絡がきて、日曜日は必ずデートしてくれた。

私が出生の秘密を話したから身分差が気になって副社長だということが言えなかったのかもしれない。

でもこの先、どうすればいいのだろう。

私は彼のことが本当に大好きだ。でも、庶民の私があんな大企業の御曹司と結婚なんてできるはずがない。

どんなに好きでも報われない恋もあるのだと思う。私の母と父のように……。

◆

月曜日になり、働きはじめて一週間。

いつもより早めに到着した私は、給湯室でお茶の準備をしていた。お湯を沸かしながら考えるのは真司さんのこと。

彼と会えたのは、来客があったときにお茶を出したときだけ。なので二人で話をすることはなかった。

恒例の日曜日のデートにも出かけず、私は一人で行ったことのない公園を散歩した。一人で過ごす日曜日は何とも言えない虚《むな》しさがあり、心に大きな穴が開いたようだった。

自分の中で彼の存在がこんなにも大きくなっていたと気がつき、これからの関係をますます悩んでしまう。

不釣り合いな関係なのだから、二人にハッピーエンドは訪れないと容易に予想がついた。好きな気持ちを抱えたままこの職場で働いていてもいいのだろうか。しかしせっかく入社した会社なのだから、簡単に退職したくないし、仕事を辞《や》めて母に負担をかけたくもない。

「すず」

名前を呼ばれて慌てて振り返ると、真司さんが立っていた。オフィスで下の名前を呼ばれたので顔が強張ってしまう。

社内外でも大人気の彼と親しくしているところを女子社員に見られたら、大きな事件に巻き込まれてしまいそうだ。

そう思うほど、真司さんは人気者だった。

「……誰かに聞かれたら困るので、気安く呼ばないでください」

少々冷たい言い方になってしまったかもしれない。目をそらしてやかんに視線を移す。

「怒ってるんだろう？　本当にごめん……。しっかり話をしたいんだ。時間を取ってもらえないか？」

いつまでもこのような中途半端な関係ではいけないとわかっている。だから、話をしなければいけないが、勇気が出せなかった。

自分の心がまだ決まっていないからだ。

好きでたまらないけれど、本当にこのまま交際を続けていてもいいのか。一刻も早く別れるべきか判断がつけられない。

「ごめんなさい……。少し時間もらえませんか？」

「……すず」

悲しそうな声音が耳に届き、私の胸にも切なさが広がっていく。

いっときの感情で返事をしてはいけない。今は少し時間がほしかった。

「わかった。また連絡する」

足音が遠くなってから、小さなため息をついた。

ランチタイムになり、遠藤さんと一緒に社内食堂に向かった。開放的な空間で、まるでおしゃれなカフェという感じだ。

メニューも女性が好きそうなパスタやヘルシーな料理が取り揃《そろ》えられている。女性社員が多く働いているため、社長のアイディアでカフェのような空間になったと教えてくれた。

窓際の席が空いていたので向かい合って座る。

「いただきます」

私はパスタセットを注文した。

「ここのパスタ糖質の少ない麺を使っているんだって」

「そうなんですね！」

働きはじめてから毎日のように一緒に過ごしているので、遠藤さんが私に親しみを持って話しかけてくれるようになった。お姉さんができたような感じがして私もかなり心を開いている。

他愛《たあい》のない話をしながら楽しい休憩時間を送っていた。

「この前ね、営業部の同期からなんとか副社長と合コンしたいって言われて。秘書課だからってお願いできるわけないじゃないそんなこと」

呆《あき》れたように笑っている。

「でもこれからは楽に断れるかも」

「どうしてですか？」

「ここだけの話なんだけど、副社長、実は決められた婚約者がいるんだって」

「えっ？」

衝撃的な話に私は一瞬固まってしまった。

「相手は大手繊維会社の娘さんらしくて。ほら、うちの会社これからベビー服にも力を入れていくって話をしていたでしょ？　二人が結婚すれば業績が上がっていくことは間違いなし」

ウィンクをしている。

「大企業のトップってやっぱり政略結婚とかになっちゃうのね」

いつから婚約者がいたのだろう。

それなのに私とデートを重ねていてよかったのかと頭の中で考えていた。

「あれ、無言になっちゃったけど……。もしかして、副社長のこと、気になってた？」

「ま、まさかっ……！　幸せになってくださるといいですね」

無理矢理《むりやり》笑顔を作ったけれど、胃の辺りがキリキリと痛む。

先ほどまで食欲満点だった私だが、胸焼けがしてきて食べたくない。しかし、遠藤さんが心配してしまうので口になんとか運ぶ。

かなり落ち込む。でも諦めなければならないのだと自分を説得する。

「話は変わるけど、丸川さん、仕事の飲み込みが早くて助かるわ」

「ありがとうございます」

「頑張ればいつか社員になれるかもしれないから、なるべく長く続けてね」

「はい、頑張りたいです」

満面の笑みを浮かべたけれど、愛する人と別れた後も同じ職場で働くというのは辛すぎる。なぜこんな運命に落ちてしまったのだろうか。


仕事を終えて、電車に揺られながらぼんやりとしていた。満員電車にはだいぶ慣れてきたけれど、一日が終わると疲れが出てくる。

朝、おにぎりを作るのも手伝っているので起床も早く睡眠時間が少々足りていないのかもしれない。

電車から降りて駅からゆっくりと自宅に向かっていく。商店街を歩いていると、顔なじみのお惣菜《そうざい》屋の中年女性や、靴屋の中年男性が「すずちゃん、おかえり」と声をかけてくれる。

「ただいま」

「仕事は慣れたか？」

「うん！　頑張ってるよ！」

ここの商店街は仲がよくて、古くからの付き合いがあり、親戚みたいだ。この空間に帰ってくると落ち着く。

穏やかな気持ちで自宅前まで歩いていくと、素敵な男性が立っていることに気がつく。その人が誰かということはすぐにわかった。真司さんがわざわざ会いに来ていたのだ。

先ほどまで穏やかだった心臓の鼓動が加速する。

面と向かって話すなんてできない。どんな表情を浮かべて何を話せばいいのかもわからない。でも、きっと私がここで逃げたとしても、帰ってくるまで待ち続けるような気がした。

ゆっくりと彼の視界に入るところまで近づく。私の存在に気がついた彼は険しい表情を向けた。

「……真司さん」

「すず、家まで押しかけてごめん。ちゃんと向き合って話がしたいんだ」

有無を言わせないほどの真剣な眼差しだったので、私は彼と話をすることにした。

心配してしまうので母には彼と会ってくるとメッセージを入れて、彼の車に乗り込んだ。

車を少し走らせて到着したのは二人が出会った公園だった。

あのときこの場所に来ていなければ、あのベンチに座っていなければ、出会うことがなかったかもしれない。

私が今の会社に入社したとしても、ただの社員と副社長という立場だっただろう。

公園にはあまり人がいなくて、犬の散歩で歩いている人がたまにいる程度。

ベンチに並んで腰をかけると、夕方の生暖かい風が二人の間を吹き抜けていく。まだ空はうっすらと明るく、もうすぐ夏が迫っているとわかるような季節だった。

お互いに黙っていたけれど、耐えきれなくなり、口を開いた。

「真司さんは仕事のこと……教えてくれなくて、いつもはぐらかしてばかりだったよね」

「まさかうちの会社に入社してくると思わなかったんだ」

「庶民の私をからかっていたの？」

皮肉めいた口調で告げる。彼は悲しげな瞳を向けて頭を左右に振った。

「からかってるわけない。一日前に履歴書を見せてもらって知ったんだ。電話をしようかとも思ったけど、大事なことだから会って話そうと思っていて」

「どうして、はじめからちゃんと言ってくれなかったの？」

うなだれた彼は静かに口を開いた。

「物心ついたときには将来会社を継ぐとわかっていて。小学生の頃から大企業の御曹司という理由だけでいつも好きとか付き合ってほしいとか言われて、迷惑だったんだ」

彼の抱えている闇の部分を見せてくれる。完璧だと思っていた彼にも悩み苦しんでいたところがあったのだ。

「俺は、自分の背景にあるものを関係なく好きになってくれる人と一緒になりたいと思っていたんだ。そんなときに、すずに出会った。はじめはかわいい子だな……くらいにしか思ってなかったんだけど、接していくうちにどんどん好きになって。本気で結婚したいと思った」

私は黙って耳を傾ける。

「どんなに仕事が大変でも二人で過ごす幸せな時間を思い浮かべると頑張ることができたんだ」

いつも穏やかな彼が切羽詰まったような口調で説明してきた。気持ちはしっかりと伝わってきたが、それでもどうしても父と重ねてしまっている私は、警戒したような瞳を向けてしまう。

「でも婚約者がいるって聞いたよ。繊維会社のお嬢様と……。身分的にもお似合いなんじゃないかな」

「そんな悲しいこと言わないでくれ」

珍しく語気を強めた彼は苦しそうな瞳を浮かべる。気にしていることを言ってしまい罪悪感を覚えた。

「ごめんなさい。真司さんのことが大好きだけど、現実は厳しいよ。母と一緒で、身分差が原因で結婚は認めてもらえないって思うの」

この恋を諦めるというのは本当に悲しいけれど、自分の生まれた境遇のせいで、他の人以上に身分差のある人との結婚は厳しいと知っている。

うつむいた私の肩を力強くつかんだ。驚いて顔を向けると力強い視線を注がれる。

「認めさせる。絶対に認めさせてやる」

「真司さん……」

不安だった冷え切った心に温かいものが注がれていくようで……。こんなにも真剣に想いを伝えてくれるなんて予想外だった。

私は彼のことを心から信頼していたのだろうかと自問自答する。愛する人のことを信じていなかったのが恥ずかしくなってきた。

はじめから壁があるからと逃げていたのは自分なのではないか。

私も彼と一緒に頑張っていきたい。

そう思う一方で、ドラマのようにはうまくいかないのだとわかっている自分もいた。だから私は何も言えずに黙り込む。

「たしかに父は俺を企業の利益のために結婚させようと企《たくら》んでいるようだ。ベビー用品の会社の副社長が、いつまでも結婚しないで子供も作らないでいるのは世間体にもよくないと言われていて、結婚を迫られている」

結婚は本人の自由であると思うが、彼の背景にはいろいろな事情があってそれが許される状況ではないのだと知った。

「好きな人がいると伝えたんだ。そうしたら『一人前になっていないお前が自由に結婚できると思うな』と言われてしまって。でも、必ず、すずと結婚できるように会社の業績を上げ、両親を認めさせる。そうすれば会社の利益になるような女性と結婚しろと言わないはずだ」

今度はものすごくやさしい瞳を向けてきた。

「だから今すぐには結婚できないって言ってたんだ。本当はこれから役所に行って婚姻届を出したいぐらい、すずのことを愛している」

手がゆっくり下りてきて震えている私の手を包み込んでくれた。

この手を信じて掴んでいれば、必ず幸福な未来につながっている気がした。そんな自信を与えてくれるのだ。

「俺が副社長になってから業績が右肩上がりだ。来年には、父も俺のやり方を認めざるを得なくなるだろう。だから、あと少しだけ待っていてほしい」

今は結婚できるタイミングではない理由が心から理解できた。身分を隠されていたのは引っかかるけれど、自分のことを真剣に考えてくれている気持ちは痛いほど伝わってきた。

世界的に有名な企業の御曹司と私が結婚するというのは、想像以上に壁が厚い。彼を支えられるか不安だし、予想以上に周りの人から冷たい視線を浴びさせられる可能性だってある。

妻として彼の隣に立つことも必要だろう。その重圧に私は耐えることができるのか。

母と父が結ばれなかったことを知っている私は、どうしても自分の人生をそれと重ねてしまう。

しかし振り返ってみると、彼と過ごした日々は輝いていた。楽しくて、幸せで、かけがえのない時間だった。

そんな愛する彼と別れて生きていくという選択は、私にはできない。きっとここで別れる運命を選択すれば、一生後悔して生きていくだろう。

私のことをこんなにも思ってくれる真司さんを信じて、彼の両親が認めてくれるまで信じて待つ覚悟を決めた。

「真司さん、こんな私のことを好きになってくれてありがとう」

言葉の真意がわからないのか。彼の瞳はまだ不安に揺れている。

「出生の秘密も打ち明けたからわかっていると思うけど、あなたと生涯を生き抜いていくには、大きな覚悟が必要なの。正直言うと怖い。でもやっぱりあなたのことが好き。私どこまでもついていく。認めてもらえるように自分磨きも頑張るし、仕事も精一杯頑張るから」

私は真司さんの手を強く握り締めた。安堵《あんど》した表情を浮かべた彼は、柔らかく微笑んでから、まっすぐと見つめてくる。

「これからは絶対に隠しごとをしない。不安にさせて申し訳なかった」

「お互い様。私も出生のことを早く話していたらよかったね。お互いに隠しごとはなしにしよう」

「あぁ、そうだな。ありがとう、すず。愛してる」

彼は私の頬をやさしく手のひらで包み込み、顔を傾けてゆっくりと近づいてきた。

そして私たちは将来を誓うようにキスをしたのだった。

第三章　新たな挑戦

ベビー用品メーカー『ステップベビー』で働きをはじめて一ヶ月が過ぎ、業務内容も順調に覚え『いてくれて助かる』と言われるようになっていた。

私も社会に出ることに新鮮さとやりがいを感じている。

憧れていた秘書の仕事とは違うけれど、実際に働いている姿を見させてもらい、いつかは私も夢を叶《かな》えたい。

そのためには今できることを精一杯やり抜き、学んでいくしかないと思っていた。

会議室にお茶を運ぶ。まだ会議ははじまる前だったが、張り詰めた空気が流れていた。

「副社長、資料を見ていただけましたか？」

「ああ、アイデアは斬新だと思うんだが予算に対しても詰めが甘いと思った。もう少し削減できるところを見つけてまとめてほしいと思っている」

テキパキ説明している姿を目の当たりにして胸が締めつけられ、惚《ほ》れ直す。

私との結婚を認めてもらうために頑張っている彼のことをもっと好きになってい

く。私も少しでも貢献できるように頑張ろう。お茶を配り終えて給湯室に向かう。

やる気は充分にあるのだが最近、体調が悪い。吐き気がして、体がだるい。でも病院に行くほどではないので、我慢しながら仕事をしていた。

気温も上がってきたし夏バテをしているのかもしれない。


ランチを終えて、いつものようにパソコンに向かって仕事をしていると内線電話が鳴る。この電話の音は副社長室からだ。密《ひそ》かに心臓を高鳴らせながら電話を取った。

「はい、丸川です」

『すず、来客が終わったからお茶を下げに来てくれる？』

「かしこまりました。すぐに伺います」

冷静な表情を浮かべながら、受話器を置いて立ち上がるが、心臓が壊れそうなほど動いていた。

仕事中なのに私に電話をかけてくるときは下の名前で呼ぶのだ。そのたびに耳が熱くなり、誰かに様子がおかしいと思われないか緊張する。

「副社長室にお茶を下げに行ってきます」

「了解しました」

隣に座っている遠藤さんに一言告げてから部署を出た。

愛する彼と仕事中にも会えるのはとても幸せなことだ。

まさか同じ会社で働けるとは思っていなかったから、オフィスラブを経験するなんて想像もしていなかった。

副社長室の扉をノックすると中から応答があり、入室した。

「失礼いたします」

中に入ると彼は長い腕を伸ばしてきて抱きしめてくれる。

「仕事中なのに」

「充電させてくれ」

「私でよければ」

日々仕事でストレスを抱えているのでリフレッシュしたくなるのだろう。こうして甘えてくるのもかわいいと思ってしまう。

「日曜日、どこに行きたい？」

「うーん……、たまには家でゆっくり過ごすのもいいかな」

体がだるいせいかどこかに行きたい気持ちがあまり湧き上がってこない。

彼は考え込むようにして私のことを抱きしめ続けていた。

「私もやることがあるからそろそろ終わり」

残念そうに腕を解き、湯のみを片付けているところを見ている。

「すず、なんか顔色悪くないか？」

些細《ささい》な変化にも気づいてくれる。ついつい甘えてしまいそうになるが心配をかけたくないので笑顔を浮かべた。

「平気だけど、ちょっと寝不足気味かな」

「何かあったの？」

「面白い恋愛小説があって、読んだらやめられなくなっちゃって。仕事に支障がない程度にしなきゃね。では失礼します」

いつものように振る舞って部屋を出て給湯室へと向かう。水を出して洗っているとまた胸が焼けるような気持ち悪さが襲い、思わずシンクの中に吐き出しそうになった。

いったいどうしてしまったのだろうか。あまり続くようだったら胃腸科に行って薬をもらってきたほうがいいかもしれない。夏風邪を引いてしまったのかな。

給湯室でお茶を洗ってから自分の部署に戻り、退勤時間まで集中して仕事をして一日が終わった。

帰りの電車も満員で足に力を入れながら立って揺られつつ、自分の家の最寄り駅に到着する。

商店街のアーケードを抜けるとあちこちから惣菜の匂いが漂ってきた。コロッケの揚げた匂いや肉じゃがを煮た醤油《しょうゆ》の甘い匂い。いつもなら鼻を通り抜けると空腹を覚えるのに、今日はその香りですら気持ちが悪くなってしまう。

やっぱり私の体はどこかおかしいのかもしれない。考えると不安になるから、あまり何も考えないようにして自宅へと戻った。

十五時までの営業にした実家の店舗はシャッターが降りている。その横にある階段を使って私は自宅へと入っていった。

「ただいま」

帰宅した私はソファに座り込んだ。

身体がだるくて何もしたくない。仕事をするだけで、こんなにも疲れるものだろうかと考え込んだ。

「どうしたの？」

母が心配そうな表情を浮かべて近づいてくる。

「夏バテしてるのかも」

「食欲は？」

妊娠検査薬を購入し自宅に戻った私はすぐにお手洗いに入った。結果は陽性だった。くっきり浮かび上がった線を見て手が震えて、呼吸をするのも忘れているぐらい強い衝撃だった。

そっとお腹に手を当てて得体の知れない感情に包み込まれる。ここに愛する人の命を宿している。

本来であればものすごくうれしいことなのに、素直に喜べない自分もいた。あと一年待ってくれと言っていた彼の必死な表情を思い出す。本当にあと一年待てば、状況が変わるのだと確信できるような発言だった。

私はそれを信じて待ち続けようと覚悟したのだ。

誰のせいでもない。自分たちの不注意で、でもあのときは責任を取ると言ってくれたことがうれしくて、もし子供ができていたら産みたいと真剣に思った。だから私は避妊を失敗した後に病院に行かなかったのだ。

この子を産まないという選択肢はない。でも、産むとしたら今後どうしていけばいいのだろうか。

彼に打ち明けて何の障害もなく結婚できるという保証はない。そうであれば私はシングルマザーにならなければいけない。

一人で子育てするのは、母の姿を見ていてものすごく大変なことだとわかっている。私は母のようにできるのだろうか。

すべてがはじめてでわからないことだらけの私は、放心状態でトイレの扉を開けた。そこには母が立っていた。私の表情を見てすべて悟ったらしい。

「近いうちに病院に行ってきたほうがいいわね。お母さんも一緒について行こうか？」

「大丈夫。一人で行けるから」

「どんなことがあってもお母さんがついている。すずの味方だからね」

「ありがとう。お母さん」

母の言葉が今の私にどれだけ安堵感を与えてくれたことか。

まずは病院に行くことが大事だ。その後どうするか真剣に考えよう。

すぐにでも休んで病院に行きたかったが、突然有休を取ると迷惑をかけてしまうので週末まで待つことにした。

土曜日の午前中に診察している婦人科クリニックがあったので、そこで詳しく調べてもらうためスマホで予約を入れた。検査薬の結果が間違っていたと証明されたらとついつい願ってしまうが、好きな人の子供だから妊娠していたら産みたいと思った。

「……いったい、どうなっちゃうんだろう」

つぶやきが静かな部屋に消えた。

◆

土曜日になり朝から外出準備をはじめる。

「手伝えなくてごめんね」

「そんなこと気にしなくていいよ。気をつけて行ってくるんだよ」

土曜日も十三時まで営業しているおにぎり屋を私は手伝っていたが、今日はクリニックに行くために休ませてもらった。

あまりに近所の病院だと知り合いに会う確率があるため、電車で少し離れた場所にあるところに行った。

ビルに入っているクリニックで、淡いピンク色を基調にした館内。不安な気持ちを和らげるように受付の人が丁寧な説明をしてくれる。

自分の順番が来るまでソファに腰をかけていると、幸せそうな表情を浮かべたカップルが仲睦まじく座っていて、これから出産する人向けの雑誌を顔を寄せ合って見ていた。

私も本当は真司さんと一緒にここに来て、診察の結果を聞いてほしかった。

「丸川すずさん、一番診察室にお入りください」

診察室にいたのは、年配女性のドクターだ。緊張気味の私に微笑みかけ、話しやすい雰囲気を作ってくれた。

最終月経日や、妊娠検査薬で陽性と出たことを伝え妊娠検査希望と伝える。丁寧に話をされてから、尿検査をしてくるように言われた。

検尿が終わり中待合室で待つ。緊張で手が冷たくなっていた。きっとお腹の中には赤ちゃんがいる。どんな結果でもしっかり受け止めなければいけない。

「丸川さん、どうぞ」

名前を呼ばれ、しっかりとした足取りで前へ進む。

診察室に入りベッドに寝るように指示された。お腹を出して仰向《あおむ》けに寝横になる。

「それではエコーでお腹の中を見させてもらいますね。少し冷たいですよ」

ジェルを塗られてエコー検査がはじまった。先生は何枚か写真を印刷している。検査が終わり衣服を整え、気持ちを落ち着かせて先生を見つめた。

「ご懐妊されてます。八週目に入られたところですね」

「……でも生理のような出血があったのですが……」

「それはきっと着床出血ですね。子宮内膜に受精卵が着床するときに出血することがあるんです。全員ではないのですが稀《まれ》にそういう方もいますよ」

妊娠が何かの間違いであってほしいと内心思ってしまった。でも愛する人の子供がお腹の中にいるということに胸が熱くなる。

「出産を希望されますか？」

『出産』というキーワードに私は即答できない。黙り込んでいると先生はやさしく言った。

「今すぐに答えが出せないこともあるかもしれません。妊娠十二週を越えてからの中絶は、基本は入院が必要です。なので二週間後にまた受診してください」

先生は私の考えを尊重してくれる。中絶という言葉が胸に突き刺さったが、まずは冷静になって考える必要があると思った。

次の受診日を予約して、退出する。

会計を済ませて外に出ると、日差しが強くて気分が悪くなる。吐き気がして辛かったのは、つわりのせいだったのか。

「どうしたらいいんだろう」

彼は何かあったら責任を取るから言ってほしいと話していた。でも伝えたところでうまくいくのだろうか。悪いことばかり頭の中を駆け巡る。

困っているとスマホにメッセージが届く。明日のデートの件についてだった。どんな顔をして会えばいいのかわからなくてキャンセルしようと思ったけど、ちゃんとした理由がなければ彼は納得してくれない。

急に行かないといえば体調を心配するか、何か隠していると思われるだろう。お互いに隠しごとはしないと約束していたから、やっぱり素直に打ち明けたほうがいいのだろうか。

明日は彼の家の近くの公園で会う約束をした。でも夏バテであまり体調がよくないので、もしかしたら家で寝ているかもしれないということも付け加えておく。

つわりは、あまりない人もいるらしいけど、私は初期段階からかなり気持ちが悪い。水を飲むだけでも吐き気がして体力が奪われていく。

はじめから体調が悪いからと言っておけば彼はわかってくれるだろう。

『了解。無理しないで』

返信内容を確認し『ありがとう』のスタンプを押してカバンにスマホをしまった。

家に戻ってくると店を閉めているところだった。シャッターを下ろした静かな店内で母が心配そうに見つめてくる。

「どうだった？」

「八週だった」

「そう……」

複雑そうな表情を浮かべながら店を片付ける。次にどんな言葉を言えばいいのか見当がつかず、私は黙り込んでしまった。

「子供を産みたいか、産まないか。すずは、そのことをまずは真剣に考えなさい」

母の言葉が重くのしかかる。

産みたいという気持ちは間違いなくあるし、責任を取ると言ってくれた彼は出産することを許可してくれるだろう。

しかし結婚を認めてくれなかったら、子供は彼に預けるか自分が一人で育てるかしかない。子供を産んだら母と同じように子供だけ取られて、縁を切れと言われる可能性だってある。

その苦労を知っているのに、母は反対することなく自分で決めなさいと言ってくれた。

まだお腹の中に赤ちゃんがいる実感はないが、だんだんと愛《いと》しい気持ちがこみ上げてくる。

（母性本能が働いているのかな……）

きっと自分の命よりも大切な存在になっていく気がした。子供を手放して、生きていくことができるのだろうか。考えれば考えるほどわからなくなる。

「お母さんは、どうして子供を産もうと思ったの？」

「お父さんのことが好きだったからよ」

今までにないくらいやさしい顔をしていた。好きな人が子供を産みたいと思うのは女性として当たり前だ。今の私にとって母の気持ちは痛いほどわかる。

「まずは自分の部屋でゆっくり考えていらっしゃい」

「うん、そうする」

母に促され私も自分の部屋へと向かった。同じことを反復するように何度も何度も考える。悩んでも悩んでも結果も出せない。

あっという間に夕食の時間になってしまい、私はリビングに行く。

母が夕食に出してくれたのはもずく酢だった。

「これなら食べられない？」

「食べられそう！」

「お母さんもすずを妊娠していたとき全然食べることができなくて、なぜかもずく酢だったら食べられたのよ」

やさしい顔をして笑顔を向けてくれる。いつもの日常を過ごすように心がけてくれている気がして、母のありがたさが身にしみた。

「お母さん、私……赤ちゃんを産みたい」

「わかった」

余計なことは言わずに頷いてくれる。きっと母も私を妊娠したとき、同じような気持ちだったのかもしれない。

「今彼は一人前の男性になるために努力を重ねていて、お父様に認めてもらおうと必死なの。そんなときに妊娠したなんて言ってしまったら……」

「それだけ大きな会社の息子さんなら、跡取りだけ奪われてしまう可能性があるわね」

母の言うとおり、これだけ大企業の息子であれば、子供だけ取られるという可能性は充分に考えられる。

お腹を痛めて生んだ子供を簡単に手渡すことなんてできない。そうであればやはり真司さんに本当のことを伝えるのは焦らないほうがいい気がした。

でも二人の子供なのに黙っておいてもいいのだろうか。そんな迷いが心の中をぐるぐると駆け巡っていた。

日曜日、多少のつわりがあり外に出たくなくて、体調不良の理由でデートをキャンセルした。

彼は心配しているようだったが、今は心の整理をするほうが先決だ。

私は部屋にこもり、あれやこれやと考えているうちに一日が過ぎてしまった。

◆

月曜日、出社した私はなぜか副社長室に呼び出しをされた。プライベートのことでわざわざ声をかけてくるような人ではないと思うので、何があったかと焦って向かい扉をノックする。

中から応答があり入室すると、彼は心配そうな表情を向けながら立ち上がり近づいてくる。

「体調は大丈夫？」

「大丈夫です。ご心配いただきありがとうございます」

副社長室ということもあり丁寧な受け答えをした。その態度が冷たいと感じたのか、ちらりと瞳を動かせば彼は不満そうな表情を浮かべていた。

「ちゃんと病院は行ったのか？」

心臓がドキンとしたが頷いた。

「胃腸炎だったみたいで……。慣れない環境で働いていたから精神的に少し負担になっていたのかもしれない。でも特に重大な病気ではなかったから、心配させてごめんね」

「あまり無理しないでくれよ」

いつものようにやさしい瞳を向けられると胸が痛くなる。

ところでわざわざ朝から私を呼び出した理由は何なのだろうか。

「実は今週の土曜日にパーティーがあるんだが、同席してほしい」

「私が？」

声がひっくり返ってしまった。

「秘書が同席するのはよくあることだ」

「でも他にも素晴らしい秘書さんがたくさんいるし」

「俺が秘書課長に、どうしてもすずを連れていきたいとお願いしたんだ」

まさかそんなことになっているとは知らず、私は驚きを隠せない。

「仕事も頑張ってくれているし、頑張り次第では正社員にしたいと言ってくれている。ありがたいけれど、すずはその前に俺のお嫁さんになるから、どうするかだな」

私の頬を指の関節で撫でて、熱視線を送ってきた。オフィスでこのような瞳を向けられて心臓がドキドキと高鳴ってしまう。私の顔はきっと真っ赤に染まっているだろう。

「土曜日、家まで迎えに行くから。詳細はあとでメール入れる」

「わかった」

副社長室を出て部署に戻ると、秘書課長が笑顔を浮かべて近づいてきた。

「パーティーに同行させてもらえるなんて、よかったですね」

周りにいる人たちが羨ましそうにこちらを見ているが、意地悪な表情を浮かべる人はいない。全員が穏やかに祝福してくれているようだった。

「仕事を一生懸命頑張っているので、秘書課としてもお願いすることにしました。失礼のないようにしっかりと付き添ってきてください」

「……でも、私はみなさんのように仕事のことをすべてわかっているわけではありません。本当にお受けしても大丈夫なのでしょうか？」

「今回はラフなパーティーだそうなので、異業種交流といった感じでしょうか。難しい話はないと思います。副社長の後ろについて一緒に頭を下げてきてください」

内容を聞いて少し安心したが、それでも自分は秘書として付き添うことに緊張感を覚えていた。席に着いた私に遠藤さんが話しかけてくる。

「よかったわね。いろんな方がいらっしゃるので、話を聞いて勉強してきたらいいわよ」

「はい、学ばせていただきます」

「ええ、頑張ってね。仕事頼んでもいい？　共有フォルダを見てくれるかな」

「わかりました」

「この数字を見ながら表を作ってほしいの。比較したい資料として社長からの依頼があったんだけど、工夫しながら作成してもらえますか？」

「かしこまりました」

だんだんと重要な仕事を任せてくれるようになり、私は仕事のやりがいを感じていた。しかし、憧れていた職業にやっとつけたという喜びの一方で、赤ちゃんのことをゆっくり考えなければならない。

焦る気持ちもあるが、私はどの道を選べばいいのか答えが出せずにいる。

パーティー当日を迎えた。

どんな服装にすればいいか悩み、上下ベージュのスーツを着用した。鏡を見るとそれなりになっている気がするが、彼の隣を歩くのは忍びない。

「じゃあ、パーティーに行ってくるね」

「気をつけて。具合悪くなったら無理をしちゃダメよ」

「ありがとう。行ってきます」

母に見送られて家から外に出ると、一台の車が止まっていた。

今日は運転手付きの車で来たらしい。こういう姿を見ると本当にお金持ちの御曹司なのだと思う。

運転手が後部座席の扉を開き中に乗るように促した。私は頭を下げてから乗り込むと、真司さんが満面の笑みで出迎えてくれた。

「こんな格好でいいのでしょうか?」

「そうだな、ちょっと地味な感じもするから、服を買ってから行こうか?」

そう言うと運転手に行き先を告げて車が進みだす。

事前にどんな格好していけばいいかとメールで尋ねていたが、普通でいいよと言われていた。はじめから私に服を買って着せるつもりだったのかもしれない。

「体調は大丈夫？」

「……まあまあです」

「パーティーが終わったら今夜は家に泊まって」

運転手には聞こえないように小さな声で伝えてきた。断ろうと思ったけれど、好きな人と一緒にいたい気持ちが勝ってしまいつい頷く。そんな反応を見て彼はうれしそうにはにかんでいた。

連れてきてくれたのは、街中にある小さなブティックだった。ただ外観からして絶対に私が入らないような店だ。戸惑っている私の背中に手を添えた。

「ここは母がよく使っている店だから大丈夫」

何の躊躇もなく彼は私をエスコートし、入店した。店内を見渡すと、どれも上質な生地が使われたドレスばかり。しかも値札が隠れていて、金額がわからない状態だ。

お金持ちの人は料金よりも品物のよさを見て購入しているのだろうか。

普通のサラリーマンだと思っていたのに、やっぱり真司さんは御曹司なのだと実感する。

「こんにちは。彼女にパーティードレスを用意していただけないでしょうか？」

「お世話になっております、上根様。かしこまりました」

『上根様』と呼ばれて優雅な笑みを浮かべている姿を見て、やはり生きる世界が違うのだと思った。

この人と結婚して幸せになる未来なんて簡単に想像できない。

困惑している私にスーツを着た女性が近づいてきてドレスを何着も勧めてくる。

「あまり目立たない色にしていただきたいのですが……」

「では、ネイビーのドレスなんていかがでしょうか？」

ドレスを着る気分ではなかったけれど、そういう場なのだと思い我慢していることにした。

見せられたのは、全体的にレースが使われていてウエストマークされているミディアム丈のものだった。

試しに着てみることになり試着室から出てくると、真司さんは満足そうに頷いた。

「とても似合っているよ、すず」

甘い視線を向けられると恥ずかしくて頬が熱くなる。

「ありがとう」

彼は私から店員に視線を移した。

「すみません、これに合うバッグと靴も用意していただけますか？」

「かしこまりました」

銀色の輝く小ぶりのバッグと、シルバーのパンプスが用意された。

奥の個室で、ヘアメイクまでしてくれるサービスがあり、利用することになった。

完成した鏡に映る自分はまるで別人。奥二重で垂れている目がしっかりとアイラインを引いてマスカラを塗ることで、はっきりとして見える。プロの手によってとても綺麗にしてもらった。

メイク室から出ると、真司さんは近づいてきて上から下まで一瞥《いちべつ》する。

「すず、とても綺麗だ」

他の人に聞こえないように小声で話しかける。

「ありがとう……。ここのお店の商品は高級すぎて一括ではお返しできないから、少しずつでもいいかな」

「何を心配しているんだ。これは俺からのプレゼント」

「……こんなにたくさん、もらえない」

私が抗議するのを振り切って、彼はカードで会計を済ませてしまった。

「さ、行くぞ」

外に出ると、待っている車に乗り込み、パーティー会場であるホテルに移動する。

「今日は異業種交流会だから様々な社長さんがやってくる。もしかしたら、すずを口説くような男もいるかもしれないけど、ついていったらダメだからな？」

「ついていくわけないよ」

私はどう頑張ったって、あなた以外の男性が目に入らないのだから。心の中でそんなふうに思っても口にはしなかった。

本当に妊娠していることを言わなくてもいいのだろうか。素直に打ち明けても幸せな未来が二人を待っているとは思えない。

運転手の見えないところでさりげなく手を握ってくるから、ドキッとした。口元に笑みを浮かべて誘惑してくるような瞳をしている。

その甘い視線を向けられただけで私は溶けてしまいそうになる。自分でも気がつかないうちに、信じられないほど彼のことが好きになっていたのかもしれない。

会場に入る前に受付で招待状を提示し中に入っていくと、煌《きら》びやかなシャンデリアが目に飛び込んできた。予想以上に大人数が集まっている。

男性は上質な生地のスーツを着用しており、女性はパーティードレスに身を包んでいる。やはり私の選んだビジネススーツのような格好では浮いていたかもしれない。

「今日は恋人や家族が同伴してもいいパーティーなんだ」

「そうだったんだ……」

「もちろん普通の秘書を連れてくる人もいるけどな」

私が恋人であるということは、絶対にバレてはいけない。そう肝に銘じて出席することにした。

特にプログラムがあるわけでもなく、立食スタイルになっており、自由に出入りができるらしい。

たくさんの料理があるが私はつわりのせいなのか、緊張のせいかわからないが食べる気にならなかった。

あちらこちらで、名刺交換がはじまっている。真司さんの周りにもあっという間に人だかりができてしまった。

業務提携をしたいと申し出てくる社長や、自分のアイディアを一方的に話してくる人、いろんな人がいる。

これは近くで話を聞いているだけで社会勉強になりそうだ。遠藤さんが言っていた通り吸収していこうと思いつつ、私は斜め後ろに立って笑顔を浮かべながら、会話に耳を傾けていた。

挨拶が落ち着いて真司さんが微笑みかけてくる。

「挨拶ばかりでごめん。楽しめない時間だと思うけど、終わったらゆっくりしよう」

「うん。勉強になる会話ばかりで、連れてきてくれたことに感謝してるよ」

「そっか。すず、ありがとな」

挨拶の合間にも私のことを気遣ってくれる。そんなやさしい彼にますます惚れてしまう。

「真司さんっ！」

ものすごい甲高い声が聞こえて誰かと思えば、すらりと背が高くてストレートの黒髪の若い女性が立っていた。大きな瞳に鼻が高く、ぽってりとした唇が色っぽい。鎖骨が見えているドレスを着ていて、この場に慣れているような雰囲気を放っている人だった。

真司さんは引きつった笑顔を向けている。この様子から彼は彼女のことがあまり得意ではないのかもしれない。

大企業の御曹司という理由だけでいつも好きとか付き合ってほしいとか言われて、迷惑だったんだと話してくれたことを思い出す。彼女もそのような女性の中の一人なのだろうか。

「上根副社長も来ていたんだね」

女性の後ろからダンディーな声が聞こえた。ロマンスグレーヘアーがおしゃれな七三分けに整えられていて、仕立てのいいスーツを着ている。

（あれ？）

私はこの男性に見覚えがあった。

「中渡《なかわたり》社長、お久しぶりです」

「最近忙しそうにしているじゃないですか。たまには娘のことも構ってやってくださいよ」

話しかけられても彼は曖昧な笑顔を浮かべるだけ。場の空気が一瞬おかしくなった気がした。

「中渡社長、紹介します。公私ともに大切にしている女性の丸川すずさんです」

突然の紹介に、私は驚いて目を大きく見開いた。

「すず、中渡繊維の社長と、その娘さんの沙弥《さや》さん」

「お、お世話になっております」

どんな挨拶をしていいかもわからず、まずは頭を下げた。

(中渡繊維って、政略結婚させられそうになっている相手先じゃない？　それなのになんてことを言ったの)

パニック状態になりながら娘さんに視線を移すと、恐ろしい形相で睨《にら》みつけられた。一方の社長は私のことをじっと見て何も言わない。

あまりにも見つめてくるので私はハッとした。いつも手帳に挟んで持ち歩いている幼い頃に母からもらった、一枚だけある父の写真の人物とそっくりだ。

私と母を捨てたひどい人だと思う反面、母がシングルマザーの道を選ぶほど愛していた男性なのだから、本当はすごくいい人なのではないかとどこかで期待する気持ちがあった。

(まさか目の前にいる人が私の父？)

確信は持てないので私は何も言わずに黙っていた。もし本当に父だったとしても話しかけてもいいのかわからない。

真司さんは私の父の娘と結婚をするってこと？

あり得ない運命の巡り合わせにパニック状態になっていた。

黙り込んでいる私の背中にそっと手を添えてくる。

「すず、大丈夫？　気分、悪くなった？」

「すみません。人混みに酔ってしまったようです……。涼んできます」

「俺も」

一緒に来ようとしてくれたけれど、すぐに彼と名刺交換をしたい人が近づいてきたので、私は一人でその場から立ち去った。

ホテル自慢のプールはライトアップされていて、そこでゆっくりとアルコールを嗜《たしな》んでいる人もいた。

（あの人が私の父？）

父に会うことがあれば、私は一言文句を言ってやりたいと思っていた。

『私の母がどんな思いで過ごしてきたかわかりますか？』と。

でも今の段階ではただ似ているというだけで、別人かもしれない。しかし本当の父だったと確証がつかめたら、私はどんな言葉を彼にかけるのだろう。ぼんやりと考えてプールの水面を眺めていた。

「ここにいたんですね。丸川すずさん」

後ろから声をかけられて振り返る。そこにいたのは、中渡繊維の社長だった。穏やかに微笑み、なぜか私の隣に腰をかけた。

「追いかけて悪かったね」

「いえ……」

顔を見れば見るほど写真の男性に似ている。年齢を重ねているので目尻にシワが増えているけれど、彼は私の父のような気がする。

母の名前を出してみようか。

父だとわかったところでどうしたいのか。

あんなに綺麗なお嬢さんもいることだし、彼の家庭を壊したくない。

モヤモヤと考えていると中渡社長が口を開いた。

「……すずさんが、昔好きだった女性にそっくりでね。名字も同じだ。こんな偶然あるものかね」

「そうでしたか」

私は動揺しないように答えた。

「心から愛していて結婚するなら彼女しかいないと思っていた。しかし、相手は一般家庭の女性で反対にあった」

初対面の私になぜこんな話をするのだろうかと思ったけれど、引き込まれるように話を聞いてしまう。

「すごく好きだったが、どうしても身分の差が壁になっていたのだよ」

悲しそうな顔でつぶやいてからこちらに視線を向ける。彼は血のつながった父だと、本能でそう感じた。

「丸川さんは、どこかの企業のお嬢さんなのかな？」

「いえ……」

「悲しい結末が待っている恋に深入りをしないほうがいい。……というのが私からのアドバイスかな」

片目をつぶって、そんなこと言われた。

「娘は彼のことが大好きなんだ。だから自分が叶わなかった夢を娘には叶えさせてやりたい」

心の中が複雑になっていく。

話を聞いてこの人が自分の父なのだとわかった。父が母を本当に愛していた気持ちが伝わってきた。

だけどやっぱり母を必死には探さなかったのだ。身分を理由にして途中で諦めてしまったのだろう。

同時に私のことを牽制《けんせい》しているのもわかる。大事な娘が愛している男に手を出すなと。

「突然話しかけてしまって悪かったね。お互いに辛いことがあっても幸せになろう」

そう言い残して彼はその場から去っていく。

彼は私の父だと感じたのにたしかめることもせず、何も言えなかった。

頭を冷やしていたかったけれど、仕事で来ているのであまり副社長から離れるわけにはいかないと思い会場に戻った。

真司さんは相変わらず忙しそうに対応している。

しばらくして少し落ち着いたので食事を口にすることにした。あまり食べたくなかったけれど、食べないと心配されるのでサラダをお皿に取る。

「スパークリングワインでももらうか？」

頷きそうになったけど胎児にはアルコールがよくないと聞く。私は頭を左右に振った。お茶もカフェインが入っていたらダメとか、ルールがあったはず。

「今日は……オレンジジュースにしておこうかな？」

心配そうな表情を浮かべられるので、私は何ともないといったように笑顔を作る。

こうして一つ一つ嘘を重ねていくのが辛くなっていくのかもしれない。

元々アルコールは強いほうではないけれど、何か食事をするときにはお酒を選ぶことが多かった。

真司さんはお酒に強くて詳しいので、この料理にはこれが合うとか、教えてくれて一緒に食べるのがまた楽しかった。きっとそんな私だから、ソフトドリンクを頼むのが珍しかったのだろう。

「やっぱり、体調、悪いのか？」

「ううん。一応仕事中だから、あまり飲む気持ちにはなれなくて」

「そっか。それならいいんだけど」

オレンジジュースをもらって料理を食べるが、やはり進まない。

少しずつ口に運んでいると遠くから視線を感じた。なんだろうと思って目を凝らすと中渡繊維の社長令嬢がこちらを睨みつけている。

先程彼女の父も言っていたように、真司さんのことを本当に気に入っているのだろう。私も彼を愛する気持ちは誰にも負けないが身分だけは変えられない。

パーティーが終わり提案通り彼の家にお邪魔することにした。母にメッセージを入れたが反対されることはなかった。

家に戻ってきてジャケットを脱ぎソファにかける。ベストとワイシャツ姿になった。黙って立っている私に近づいてきて長い腕で抱きしめてきた。

いつもなら彼の背中に手を回すのに今日はどうしても抱きしめ返す気にならない。隠しごとはなしにしようと約束したのに、私はお腹の中にいる子供のことも、中渡繊維の社長が自分の父である可能性が高いことも言うことができなかった。

「お願いがある」

「何？」

突然かけられた言葉に私の心臓が高鳴る。

「何があっても俺のそばから離れないでくれ。絶対に俺が守り抜くから、信じてついてきてほしい」

彼は何かを感じ取っているのかもしれない。

私は彼の腕を解いて精一杯の演技をして笑顔を浮かべる。

「急にどうしたの？　いろんな人と挨拶をしたから疲れたんじゃない？」

「すず」

「社長令嬢さん、真司さんのことを本気で好きなような感じがした」

うんざりとした表情を浮かべる真司さん。

「俺の何がいいのかわからないけれど、好きだと言ってくる。デートしたことすらないのに。俺はすずと結婚するからデートする必要はないと思ってるけど」

「すごく綺麗な人だったね」

「デザイナーをしているらしい。洋服のデザインを担当していて、新人ながら注目されているそうだ」

「繊維会社のお嬢さんがデザイナー。なんだかよくできた話ね」

「彼女の話はもういい」

私の両方の頬を手のひらで包んで顔を近づけてきた。らしくないキスに動揺してしまう。いつももっとまったりとした空気の中で口付けをするのに、今日は何かに焦っているかのような雰囲気だった。

しばらくキスを受け止めていたけれど、彼の手が背中に回ってきたときに突き放してしまった。妊娠中にそういうことをしてもいいのだろうか。

知識を持ち合わせていないので急に不安になってしまったのだ。彼は驚いたように眉毛を上げて私を見つめていた。

私は気がつかれないように余裕があるように微笑んだ。断ったら怪しまれてしまいそうだ。

「あんまり無理しちゃダメだよ。紅茶でも淹《い》れようか？　その前にちょっとお手洗いに行ってくるね」

　トイレに駆け込んだ私は、妊娠初期に体を重ね合わせても問題はないのか急いでスマホで検索をかける。

　妊娠初期はホルモンバランスが崩れて、したくないと思う人もいるみたい。それにお腹が張るなど影響があるみたいなので、安定期に入るまでは避けたほうがいいらしい。

　してはいけないということではないみたいだけど、妊婦の体調や心の変化もあるのでパートナーと話し合うことが大事だと書かれていた。

「そんなこと言われても……」

　伝えられる状況ではない。今日は泊まらないで帰るほうがいい。私は頭を悩ませてから外に出た。

　笑顔を作って使い慣れたキッチンへ移動する。

　彼が好きなアールグレイを飲んでもらいたい。紅茶を作っていると彼が近づいてきて後ろから抱きしめてきた。そして私の耳元に唇を寄せてくる。

「好きだ。誰にも渡したくない」

「ごめんなさい。明日用事があったんだった！」

「え？」

「同級生が海外から帰ってくるの。久しぶりに会いたいって言われていて。どうしよう何も準備してない。本当に申し訳ないんだけど、今日は帰らせてもらうね。明日のデートも残念だけど……」

私は気がつけば子供を必死に守っていた。

彼はきょとんとしていたけれど、信じてくれたようで、家まで急遽《きゅうきょ》送り届けてくれることになり、一緒に家を出た。

「本当にごめんね」

「いいよ。同級生と会うの楽しんでおいで」

嘘をついてしまい胸が苦しい。心の中で謝った。

私の自宅について下ろしてくれ、窓を開けて笑顔をくれる。

「じゃあ、また」

「ありがとう」

彼の車が見えなくなるまで、見送り続けていた。

無事に家に送り届けてもらった私だけど、嘘に嘘を重ねることに疲れてしまった。こんなに苦しい思いをするなら妊娠したことをやっぱり伝えたほうがいいのかもしれない。


急に帰ってきた私に母は驚いたような顔を向けてきた。

「どうしたの？　喧嘩《けんか》でもしたの？」

「……そういうわけじゃないんだけど、一緒にいるといろいろ考えすぎちゃって。今日は自分の部屋でゆっくり眠りたいと思って」

「そう。疲れたでしょう。ゆっくり眠りなさい」

「ありがとう、おやすみなさい」

私は自分の部屋に戻ってベッドに倒れ込んだ。

母は父に私を妊娠したことを伝えると、結婚しようという話になったが、その後ご両親に大反対されこっそりと身を隠すことになった。

伝えないで一人で産むのがいいのかもしれないと思うけれど、大事なことを隠しておくのもいけないような気がする。私は悩みながらその日を過ごしたのだった。

月曜日になり、社長が秘書室に入ってきた。

「おはよう。こちらのグラフを作ってくれた人は誰かね？」

手には一枚の紙がある。秘書課長が社長に近づいて確認し私に視線を送った。

「これは丸川が作ったものです」

何かまずかったかのか。

秘書室の空気が重くなる。社長が私に近づいてきて肩をポンポンと叩いた。

「これはとても見やすい。分析もしやすいしよく作られていると思って感心したんだ。君が作ったのか。これからも期待しているよ」

「あ、ありがとうございます！」

社長は私を褒めてそのまま部屋を出た。まさか褒められると思わず驚いて放心状態だ。

「よかったわね！」

隣に座っている遠藤さんが微笑んでくれる。

夢だった仕事につけてやりがいを感じはじめているが、私はこのままここで仕事を続けていくのは不可能だ。

子供を産まないという選択肢はない。なのでここの仕事を辞めるしかないのだ。志半ばで諦めてしまうのは悔しいけれど、それでも私はこの子を産みたい。辞めるにしても今日言って明日やめるわけにはいかないので、早く相談しなければ。その前に妊娠していることを真司さんに伝えなければいけないのか。どうしたらいいのか、考えれば考えるほどわからなかった。

それからも彼と二人きりになるチャンスは何度かあった。でもなかなか妊娠していることを伝える機会がなくて、さらには、日曜日も彼は仕事をするようになった。新しいプロジェクトがはじまるらしい。アジアに進出するために頑張っている。来月から三ヶ月、韓国や中国と行ったり来たりする生活で多忙を極めるようだ。なかなか言い出せず、本当に伝えることがいいのかもわからず、一か月が過ぎてしまった。

お腹の子供は順調に育っていく。焦るが行動に移せない自分がいた。

来客が入った副社長室でお茶を下げる。手に持った私はちらりと彼に視線を動かした。次の予定が入っているようでかなり忙しそうにパソコンを眺めている。

私が見つめていることに気がついたのか真司さんがこちらを見た。

「どうかした?」

「忙しそうだなと思って……」

「今は新しいプロジェクトで少々忙しいんだ。だけどこれで俺という存在を父に認めてもらえる最大のチャンスだと思っている」

「うん……！　陰ながら応援してるから」

忙しいのに彼は手を止めてこちらに近づいてきた。そして私のことをそっと抱きしめる。

「これから三ヶ月はあまり時間が取れないかもしれないけど、俺がすずを世界一愛しているということは忘れないでくれよ」

「……ありがとう。忘れないよ」

私はにっこりと笑って彼から離れ副社長室を後にした。

彼のことを忘れようと思っても忘れることなんて絶対にできない。一生心の中で思い続ける自信がある。

彼は今会社のために頑張る時期なのだ。

私が妊娠してしまったことで大きなプロジェクトに支障をきたしてしまうかもしれない。

こんなに一生懸命頑張っている彼に妊娠を打ち明けたら、余計な心配を増やしてしまう。だから私は彼に伝えることができないと思った。

二十二週以降は絶対に出産しなければならない。

たとえ、私たちは結ばれることがなくても、私はどうしても愛の証はほしい。

問題は一人で産むか、妊娠していることを告げるかであった。

次の土曜日には病院に出産する意志を伝えてこようと思っている。

でもどうしても彼に伝えるタイミングがない。

かなり忙しそうにしていたし、会社にとっても大きなプロジェクトなのだ。

私は母と同じようにシングルマザーの道を歩んでいくしかないのかと考えるようになっていた。

仕事を終えた私はオフィスを出ると視線を感じた。立ち止まって振り返るが誰もいない。

(気のせいだよね)

最近悩みすぎてあまり眠れていないし、少し疲れているのかもしれない。そう思っていたけれどこの数日間、誰かに後をつけられているような感じがしたのだ。

いつも歩かない道をわざと歩いてみたけれど、それでも視線を感じていた。

早歩きで歩いて坂道があったのでペースを落とそうと立ち止まったとき。

「きゃっ」

誰かに背中を押されて私は倒れこんでしまった。幸いにも少し転がっただけで頭もお腹も打つことはなかった。

体を起こして周りを確認するが誰もいない。

考えすぎかもしれないけれど、もしかしたら真司さんのことを好きだと言っていた中渡繊維の社長令嬢が命令して私の素性を調べ上げているのかもしれない。

そうすれば婦人科に通院していることも知られてしまう可能性だってある。そして妊娠していることを知られてしまえば、子供の命がどうなるかわからない。

本当にこの子を産むのであれば、一刻も早く身を隠さなければいけないと思った。

家に戻ってきた私は夕食の支度をしていた母の手伝いをする。そして食卓テーブルに食事を並べ向かい合って座った。

「お母さん、相談があるんだけど……」

「どうしたの？」

「実は……」

ここ最近誰かに追いかけられ突き飛ばされて、身の危険を感じていることを伝えた。

「そんなことがあったの？　警察に連絡しないと」

「大事にしたくないの。……お腹に子供がいることがどこから漏れるか不安で」

母は眉をひそめる。

「彼に妊娠していることを伝えられない。お母さんのように子供を一人で育てるか大変さはわかる。でも私は愛する人の子供を産みたい」

私の覚悟を聞いた母は目を見てしっかりと頷いた。

「すずが決めたことなら、お母さんは反対しないよ」

「ありがとう。でも、ここで産むのは危険だと思うの。私のことを知っている人も多いし、お腹が大きくなってくれば妊娠していることも気づかれると思う。どこか遠くで産まなきゃいけない」

「一人になって本当に大丈夫なの？　お母さんが近くにいれば助けてあげることもできるんだよ」

「気持ちはありがたいけれど、私もお母さんも仕事を辞めたらどうやって生活をしていくの？　私はコツコツ貯《た》めた貯金を取り崩しながら、臨月に入るまでどこかでアルバイトを探して頑張るしかないと思ってる」

この結論に至るまでとても悩んだ。並々ならぬ覚悟で私はこの家を出て出産することを決めたのである。

「でも一人でというのは本当に心配。頼れるのは、雪子《ゆきこ》しかいないわね」

雪子さんは小学校から中学まで一緒だった母の同級生で、今は旦那さんの転勤で北海道にいるのだ。

こちらに住んでいるときは頻繁に会っていて、私のことも子供のようにかわいがってくれている。

「北海道か。空気も新鮮そうだし子供を産むにはいいかもしれない」

「住む場所とか電話入れて聞いてみるわね」

「うん、ありがとう」

北海道で生活をして子供を産むなんて想像もしていなかった。人生どうなるのかまったくわからないものだ。

「それと、仕事を辞める相談はギリギリまでしないほうがいいと思う」

「でも一ヶ月前には伝えないと」

「辞めるまでに時間があったら心も揺らぐだろうし、それこそお腹に子供がいることがバレてしまうかもしれない」

「たしかに、そうだよね」

「祖母がどうしても体調を崩して、近くで介護しなければならなくなったって辞める一週間前に伝えるべきね。そうしないと信憑性《しんぴょうせい》がないと思われるから」

常識はずれなことをしてしまうかもしれないが、たしかに母の言う通りだと思った。

もう嘘はつきたくないけれど、お腹の子を守るためには仕方がないことなのだ。

真司さんが海外出張で忙しくしている間に、私は身を消す。これがベストな方法だと思った。

◆

産婦人科クリニックを訪れてから二週間後の土曜日、私はふたたび病院を訪れた。

そこで出産する意思を伝えると母子手帳をもらってくるように言われた。

夏の太陽が暑い今日、どんなことがあってもこの子を守ると私は一人で決めたのだった。


給湯室で湯のみを洗いながら、この仕事をすることができてよかったと考えていた。

仕事を辞めると言うまでは、会社を騙《だま》すようなことをして申し訳ないけれど、何事もなかったかのように普通に働く。

ひとつずつ仕事を覚えていき充実した毎日で、本当は辞めたくないくらい面白い仕事だった。周りの職員の人もみんな親切でやさしかったし。

子供を産んでまた働くときが来たら、私は秘書のような誰かをサポートするような仕事をしたい。

一人で産んで育てると打ち明けた次の日から、早速母は動いてくれた。事情を知った雪子さんも協力してくれることになり、ありがたい。

彼女の住んでいる一軒家の近くに、知り合いが経営している古いアパートがあるらしい。

雪子さんはしばらく一緒に住んでもいいと言ってくれたけれど、そこまで迷惑をかけるわけにはいかない。アパートを契約する旨を伝えた。

真司さんが海外出張に出はじめた頃に私は仕事を辞める。それに合わせて密かに格安チケットの飛行機を予約。

平日、休みをもらって母子手帳の申請もしてきた。もう一度病院に行き北海道で出産することを伝え病院も紹介してもらっている。

二週間後には、私は北海道で生活をしているだろう。そして、もう愛する真司さんとは関わることがない。

彼のいない世界で私は生きていく。悲しいけれど心に決めたことだ。

愛する人の子供を産んで立派に育てていくことが使命なのだと感じていた。水道を閉じて振り返ると、真司さんがマグカップを片手に立っていた。

「お、お疲れ様です。コーヒーお淹れしましょうか?」

「ありがとう」

マグカップを受け取った。インスタントコーヒーだが、お客様に出すものなので高級なものを使用している。

ポットからお湯を注ぎ手渡すと彼は香りを嗅いでにっこりと笑った。

「すずが淹れてくれたコーヒーは格別なんだよな」

「誰が淹れても同じだと思うけど……」

「違うよ」

近づいてきて片手で頭をやさしく撫でてくる。

「俺の言葉、信じてほしいな」

体を屈《かが》めて視線を合わせてきた。顔が傾いて唇が重なる。まさかここで不意打ちのキスをされると思わなかった。

「会社で、こういうことしちゃいけないって、いつも言っているでしょ」

「すずが、あまりにもかわいいから悪いんじゃないのか?」

「なにそれ……」

「いつまでもイチャイチャしていたいけど仕事に戻る」

真司さんは颯爽《さっそう》と出ていく。

ほんの一瞬の出来事だったのに私の頬が熱くなった。

この先こんなに好きだと思える人に出会えるのだろうか。

きっと出会えない。

一生、真司さんだけを愛して生きていくそんな気がしていた。

◆

そしていよいよ、真司さんが海外出張に旅立つ前日。

彼は明日は出社せずに真っ直《ます》ぐ空港に行く予定になっていた。しばらくは韓国と中国を行ったり来たりするらしい。

三ヶ月後には日本に帰ってくる予定となっているが、その間に私は姿を消す。会えるのは今日が最後。

副社長室に来客がなければ、私から会いに行く理由はない。

愛する人の顔を見ておきたい気持ちはあるけれど、刻一刻と時間が迫っていく。ついに業務終了の時刻となり、今日はお茶汲《ちゃく》み係として呼び出しをされることはなかった。私は後ろ髪引かれる思いで立ち上がった。

「お先に失礼します」

「お疲れ様でした」

遠藤さんに笑顔で見送られ職場を出る。廊下を歩いていれば、もしかしたら真司さんに会えるかもしれない。ゆっくりと足を進めるがエレベーターホールについてしまい、結局会うことができなかった。

彼と過ごした日々が頭の中をフラッシュバックする。オフィスでもたくさん抱きしめられ、甘いキスをされた。

会議室にお茶を運ぶとき、仕事をしている姿をたまに見ることができて、胸がときめいた。

真司さんの笑った顔、怒った顔、悲しそうな顔、嫉妬している表情、真剣な眼差し。

「大丈夫。寂しくなんかないよ。気をつけてね」

車から降りてドアを閉め、見送るために手を振った。

名残惜しそうにしていたが、車を走らせていく。

見えなくなるまで私は手を振り続けていた。そして気がつけば瞳が涙で濡《ぬ》れていた。


次の日、出社した私は秘書課長の元へ行く。

「大事なお話があるのですが、お時間いただけないでしょうか」

「構わないよ」

二人で小会議室に行きテーブルを挟んで向かい合って腰をかけた。

嘘をつくことに心苦しさを感じながらも、考えてきた架空の内容を私は口にする。

「そんなに思いつめた顔をしてどうしたんですか？」

「実は、田舎にいる祖母が体調を崩してしまいまして……。身内で介護できる人がいないかという話になったんです」

「それは大変でしたね」

本当に心配してくれているような瞳を向けられ、罪悪感に押しつぶされそうになった。

「母はお店を空けることがどうしてもできないので、白羽の矢が立ったのは私なんです。大変残念なのですが、退職させていただけないでしょうか？」

「そんなに緊急事態なのか……」

秘書課長は顎をさすりながら、困惑したような表情を浮かべている。

「感じがよくて仕事ができる素敵な女性が入ってきたと、社長も喜んでいて。ゆくゆくは秘書として働いてもらおうという話も出ていたところなんですよ。残念だな……。しかしどうしようもないことですからね……」

私のことをそのように評価してくれていたことが本当にうれしかった。志半ばで仕事を辞めてしまうのは心からに悲しい。

「ありがとうございます。そう言っていただけて幸せです」

「そばにいて、面倒を見てきてあげてください。もしまた働ける状況になったら、声をかけてもらえますか？」

話し合いが終わり、私は急遽今週いっぱいで退職させてもらうことになった。

遠藤さんをはじめとする部署のみなさんは驚いていて、いなくなることを嘆いてくれた。

退職の意志を伝えた夜、真司さんから電話がかかってきた。

通話しようか迷ったけれど、無視すれば怪しまれると思い電話に出る。

『すず、大丈夫か？　お祖母様《ばあさま》……そんなに大変な状況だったんだな』

「……話、聞いたんだね」

『人事のデータに退職って書いてあって驚いた』

「突然だったの」

愛する人の声を聞いてしまうと、やはり迷いが出てくる。

すべてを話せば心が軽くなるのだろうか？　そんな気持ちになるけれど子供を守るためにこれまで嘘を重ねてきたのだ。

ここで崩してはいけないと思いぐっと堪えた。

『何か助けられることがあれば、言ってくれ』

「ありがとう。祖母のことで忙しくなるから、落ち着いたら私から連絡するね。それまで待っていてくれる？」

『あぁ、わかった。お祖母様のこと祈ってるから』

「真司さんは仕事に集中して、頑張って結果を出してね」

『すずとの結婚を認めてもらうために俺は全力で頑張るよ』

「うん。じゃあ……」

私は電話を切って深いため息をついた。

涙がこみ上げてきてスマホを持つ手が震える。最後の最後まで嘘を貫き通した。

(ごめんなさい。私は遠くから真司さんの幸せを心から願うしかないんだ)


金曜日、最後の出勤日を迎えた。

この会社にはじめて出社した日のこと思い出して切なくなってくる。やっと夢に見た自分のデスクを与えられて仕事をすることができたのだ。残念だけど、頑張っていくしかない。

最後の日、デスク周りを整理整頓しやり残していた仕事の引継ぎを行った。副社長は出張で仕事に行っているので彼から電話がかかってくることはない。

短い間だったけど彼の素敵な働く姿を間近で見させてもらえることができてありがたかった。

終業時刻になり終礼をすることもあった。

「今日で丸川さんが退職してしまいますが一言お願いできますか」

秘書課長に促され、私はみなさんの顔をひとりずつ見て口を開く。

「本当はまた一緒に働いていたかったのですが、申し訳ありません。短い間でしたがいろいろ教えてくださりありがとうございました」

「お疲れ様でした。本当は送別会を開きたかったんだけど時間がなかったから。お元気で過ごしてね」

お世話になった遠藤さんが私に大きな花束を手渡してくれ、全員から拍手を送ってもらえた。

私は心残りがありながらも、大好きだった会社を後にしたのだった。

◆

それから一週間後、私は北海道に飛び立つことになった。

一度も真司さんには連絡していない。こちらから落ち着いたら連絡をすると言っていたので電話が来ることもなかった。

気を遣ってくれる性格なので、連絡するのを我慢しているのではないかと思う。

北海道に行く前日になり、私はスマホを解約して、新しい番号の契約をした。真司さんと連絡できる手段を打ち切り、自分なりにけじめをつけたのだ。

家に戻ってきた私は荷造りをはじめる。あまりお金を使うことができないためなるべく持って行きたいが、荷物が増えすぎるのも大変なので、必要最低限のものに絞る。キャリーバッグ一つに最低限の着替えと荷物を入れた。

明日から北海道で生活するなんて信じられない。これからどんな未来が待ち受けているかわからないが、母として強くならなければいけないと感じていた。

旅立つ朝になり、準備が終わった私はリビングへと向かう。母は私が一番大好きな鮭のおにぎりを握ってくれた。真司さんも鮭のおにぎりが一番大好きだった。

おにぎりをお腹いっぱいに食べて、私は真司さんからもらった指輪の入った箱をテーブルに置いた。母は不思議そうに視線を移す。

「結婚しようって言われて……指輪をもらったの。でもこれを持っていたら辛くなるだろうから。きっと彼のことだからここまで話を聞きに来ると思う。そのときに、返してもらえるかな」

「……わかったわ」

小さな箱を手に持って母は蓋を開ける。

「綺麗ね」

「うん、すごく輝いているの」

「今は苦しいかもしれないけれど、必ずこの指輪よりもキラキラと輝いた人生を送ることができるってお母さんは信じてるから。何かあったらすぐに連絡しなさい」

「うん、ありがとう。じゃあそろそろ行くね」

後ろ髪引かれる思いで私は実家を出たのだった。

第四章　消えた愛しの人

「その件については先方に詳しく説明しておいてください。お願いします」

電話を切った俺は深いため息をついた。

韓国、中国から出張を終えて日本に戻ってきたが、すずと連絡が取れなくなってしまったのだ。

すずの祖母が体調を崩し介護するために急遽退職してしまった。

落ち着くまで連絡をしないでほしいと言われ、俺はその言葉を素直に信じて待っていた。

ところがいつまで経《た》っても連絡がなく、日本に帰国してすぐに電話をかけたが、番号はすでに使われていなかった。

すずとの結婚を両親に認めてもらいたくて、仕事に打ち込んでいた。

彼女が退職する直前はあまりにも忙しく、しっかりとコミュニケーションが取れていなかった。

今思い返せば、すずは、何かを言いたそうな顔をしていることがあった。もう少ししっかりと聞いていればこんなことにならなかったのかもしれない。

過去を悔やんでもどうすることもできないが、やはり後悔の念が胸を支配していた。

そもそもすずの祖母はどこに住んでいるのだろうか。

どこか違う地域に住んでいるのか？　それとも実家に祖母を招き介護をしているのか？

すずのことばかり考えて何をしていても手につかない。

「埒《らち》が明かない」

切なくつぶやいたところに河野《こうの》が入ってきた。旧友であり信頼できる俺の秘書だ。

「副社長、仕事が手についていないようですね。何かありましたか？」

「いや」

「もしかして出張から帰ってきたら、意中の女性がいなくなっていたとか」

鋭すぎる質問に絶句してしまう。

「土日は何か予定が入っていたか？」

「いえ、予定は入れておりません」

「了解」

「何か私にお役に立てることがあれば何でもおっしゃってください」

ろうか。

河野が頭を下げて部屋を出ていった。いったい、すずはどこに行ってしまったのだ

「ありがとう」

土曜日の朝、いてもたってもいられなくなり、すずの実家に足を運ぶことにした。

おにぎり屋の開店と同時に店に行った。

もうすぐ冬を迎えようとしている風は冷たくなっている。木枯らしが舞っていて

コートの前を合わせるようにして首を引っ込めながら歩いた。

もしかしたらすぐに会えるかもしれない。そんな期待が胸のどこかにあった。

車で行く気持ちになれず電車で向かう。

最寄り駅に到着しアーケードをくぐり抜ける。商店街はまだ開店していない店も多

くあり閑散としていた。

シャッターを開けたすずの母が、俺の顔を見てギョッとした表情をする。

「朝早くからすみません……」

「すずならここにはいませんよ」

厳しい口調で言い放たれるが、これは想定内のことだったのでへこたれない。

「すずさんは、今どこに住んでいるんでしょうか？　一目でもいいので、お会いして話がしたいんです」

頭を深く下げて必死にお願いをするがなかなか返答がない。それでも俺は諦めずに顔をあげなかった。

「これから営業時間ですので邪魔しないでいただけますか？」

あからさまに迷惑だという態度をされる。たしかに営業妨害だ。

「申し訳ありませんでした。また営業時間外にお邪魔させていただきます」

すずの母は返事をしてくれなかったが、俺はその場から一度立ち去ることにした。

すずと出会った公園に行ってみても、彼女に会えるはずもなく。

体が冷え切るまで彼女の姿を探す。

俺は何をやっているのだろう。

結局、夕方になるまで何もせずにただぼんやりと過ごした。こんなことをしている場合ではない。休日も仕事に打ち込まなければいけないのだ。

ただやはりすずのことが気になって、もう一度営業終了後のすずの実家に足を運んだ。しつこいというような表情をされたが、食い下がるわけにはいかない。

「何度も申し訳ありません。すずさんと結婚する約束をしたんです。帰ってきたら挨拶に伺おうと思っていたのですが……」

「少々お待ちください」

少し聞く耳を持ってくれたのかと胸に安堵が広がる。一度奥に引っ込んだ母が手に何かを持って戻ってきた。

「これ、もし訪ねてきたら返してと頼まれていたものです」

それはプロポーズしたときに渡した指輪の箱だった。身が引き裂かれるような思いがする。

なぜ急に音信不通になり、あんなに愛し合っていたのに俺を拒絶するのか。考えてもわからなくてやはり本人と話しがしたい。

「他にはメッセージはありませんでしたか？」

「もうあなたとは関わりたくないと言っていましたよ」

絶望的な気持ちが支配し、目眩《めまい》を起こしそうになった。これは悪い夢を見ているのではないか。

「そんなはずありません。お互いに真剣に想い合ってたんです」

「……何を言われても、私はそれ以上お答えすることはできません。申し訳ありませんがうちの店は出入り禁止にさせてもらいます」

「ありがとな」

「いえ、失礼します」

彼は頭を下げてから副社長室を出ていった。

一人になった俺は緊張しながら手帳を開くと、表紙の裏側に一枚の古ぼけた写真が入っていた。

（誰だろう……）

見てはいけないようなものの気がしたが、それでも彼女のことがどうしても知りたくて食い入るように見つめる。

そして、写真に写っているこの若き青年に俺は見覚えがあった。しかし誰かはわからない。

かなり古い写真だからきっとこの人も年老いているだろう。

他のページを見たら、彼女はこの手帳を日記のように使っていたようだ。

『真司さんとはじめてのデート。すごく楽しくて幸せだった。ずっと一緒にいたい』

そんな自分が目に飛び込んできた。

間違いなく彼女も自分のことを愛してくれていたという記録だ。それなのになぜ急に姿を消してしまうのか。さらにめくると俺に対する気持ちが書かれていた。

『今日ははじめて結ばれた。やさしくて、女性に生まれてきてよかったと思える。彼のことを支えてこれからも永遠に隣にいさせてほしい』

ところが仕事をはじめたくらいから忙しくなったのか何も書かれていない。もう一度ページを戻り写真を見つめる。

「もしかして……中渡社長の、若かりし日?」

どういうことなのか予想もつかない。もしかして、すずの母が愛していた男性は、中渡繊維の社長なのか。

そんな偶然はあるのだろうか?

いてもたってもいられずすぐに行きたかったが、年末の挨拶に何人か訪れる予定があったのですぐには席を外せなかった。

一通り挨拶を終えて時計を見ると夕方の五時を過ぎているところだった。

「河野、今年も一年ありがとう。いい年を迎えてくれ」

「こちらこそ一年間お世話になりました。よいお年をお迎えください」

礼儀正しく頭を下げて副社長室を後にした。彼は昨年結婚して子供が生まれたばかりだ。家族が待っている家に戻れることに羨ましさを感じていた。

またしつこいと言われるのを覚悟で、業務終了後にすずの実家へと向かった。

おにぎり屋のシャッターが閉まっていたので、遠慮がちにチャイムを鳴らす。すると扉を開けて顔を出してくれた。

「また来たの？」

「今年も一年ありがとうございました」

「わざわざ挨拶に？　どんなに言われても、すずのいる場所は、教えられません。でも……あなたくらいの人なら探偵でも何でも使うんじゃないですか？」

「探偵を使うことも考えたんですが、そういう手段を使うとすずは嫌がると思ったんです。お金持ちの人はそういうことをするって……彼女が悲しむ顔は見たくない」

すずの泣きそうな表情を浮かべると、胸が痛くなり自分が泣きそうになってしまった。男なのに情けないが、愛する人を失う悲しみは嫌というほど思い知った。

「どんなに小さなことでもいいので、すずさんのことについて教えてもらえないでしょうか？」

絶対に一歩も引かないと言った瞳を向けた。母は呆れたようにため息をついてやさしく笑った。

「寒いから……コーヒー一杯だけご馳走《ちそう》してあげます」

突然そんなこと言われて驚いたが俺は遠慮なく上がらせてもらうことにした。

コーヒーを出してくれ、体が温まったところで中渡社長の話をしようかと口を開く。

「実はすずさんが会社に忘れていった手帳があったんです。……そこに一枚の写真があって」

おそるおそる手帳を差し出し開く。母はまったく動揺せずに見つめていた。

「すずの父です。たった一枚だけあった写真で……。風の噂で彼が他の女性と結婚したというのを聞いたとき裏切られたような気持ちがして、破ろうとしたんです。でも幼いすずは私の手を必死で止めました。写真の相手が誰かもわからなかったのに」

切なそうな表情を浮かべながら教えてくれ胸が痛む。

「どこまで話を聞いていますか？」

「大企業の息子さんと恋愛をされて子供ができて、結婚しようと思ったとき、反対されたこと。一人で産むという覚悟を決められたことすべて聞きました」

彼女がおだやかに頷いた。

「愛していた人が他の人と結婚したと知って苦しかったんですが、すずにとっては父なんだなと思って大事にしまっておきました。ある程度大きくなったときに父がいない理由を聞かれて、この写真を手渡すと大事にいつも持ち歩いていたんです。それなのに辞めた会社に落としていくなんて……」

「そんな大切なものを落としていくくらい、何かに悩んでいたんじゃないですか？」

核心についたことを質問してみたが母は何も答えてくれない。ここで会話を終わらせてしまうのはもったいないと思い質問を重ねた。

「もし子供を出産したら、結婚を認めず子供だけをもらうと言われたことも聞きました。辛かったのでは？」

「それは辛かったですよ。でも本当に愛していたからこそ、彼の子供を産んで立派に育てようと思ったんです。子供だけ差し出すことも真剣に考えましたけど、日に日にお腹が大きくなっていく我が子と過ごしているとそれはできなかったんです」

すずの口から話を聞いたときも切なくて苦しい気持ちになったが、母から話を聞くとそれもまた苦しい。

中渡社長も、愛する人が突然消えてしまって悲しい思いをしていたのではないか。

今の俺と同じ状況だ。

両方の気持ちがわかり、押しつぶされそうになった。

「話を聞かせていただきありがとうございました。……すずさんのことを心から愛しています。自分の実家の環境から、すぐに結婚ということができなくって申し訳なかったです。でも仕事を頑張って必ず認めてもらい結婚するつもりでいました」

今まで俺を見つめる目は冷たく厳しいものだったが、今日は瞳が揺れているように見えた。俺の必死な気持ちが少しは伝わったのかもしれない。

期待する俺の心を打ち破るように、母は頭を左右に振って立ち上がった。

「コーヒー一杯だけの約束でしたよ。そろそろお引き取りください」

一筋縄にはやはりいかない。

しかし今日、中渡社長がすずの父だということがわかったので一歩前進したような気がする。

◆

今年もあともう少しで終わる。

私は北海道に来てから雪子さんが経営している喫茶店でアルバイトとしてお手伝いさせてもらっていた。

すっかりお腹が大きくなってしまい、今日でアルバイトも終わり。後は出産に向けて頑張るのみだ。

「すずちゃん、お疲れ様」

「ありがとうございます」

「夕食食べていかない？」

「いつもお世話になってばっかりだから」

「そんなこと言わないで食べていったらいいじゃない。夫も喜ぶわ」

いつもこうやって声をかけてくれ、ご飯をご馳走になることが多かった。手作りのご飯を食べさせてもらえると心が温かくなって寂しい気持ちも和らぐ。

雪子さんは学生時代に自分の母を病気で亡くし、そのときに全力で励ましたのが私の母だった。

そのおかげでだんだんと元気になり生きる気力を取り戻したと話してくれた。だから母が困っているときは絶対に助けると言ってくれ、私のこともそうして面倒を見てくれているのだ。

ずっと母と一緒に暮らしていたので急に一人暮らしになったときはやはり寂しかった。

そして愛する人に会えない悲しみはどうやっても埋めることができない。まさか北海道にいるはずがないのに、似ている人を見つけるとつい目で追ってしまう癖は未《いま》だに抜けなかった。

夕食をいただいてから近くのアパートに戻る。部屋に帰ってくると北海道の冬はとても寒くて、すぐにストーブをつけた。大きなお腹を抱えながらソファーに座る。

「ベビーちゃん、もうそろそろ会えるね」

一人だけどお腹の中の赤ちゃんが動いて反応してくれるから頑張れる。

性別はどうやら男の子らしいということを聞いていた。彼に似た男の子が生まれてくるのだ。

家にいるときはどんな名前をつけようかと姓名判断や名前サイトをよく見ている。

今日も名前を考えているとスマホが鳴った。相手は母だ。

「お母さん、どうしたの?」

『元気にしてる?』

頻繁に電話をかけてくれ安否確認をしているようだ。

母と他愛のない話をしてそろそろ電話を切ろうとしたとき一瞬無言になった。

「何かあった?」

『すずには言ってなかったんだけど、実は頻繁に訪ねてくるのよ』

誰とは言わなかったけれど、すぐに真司さんだとわかった。

彼の情報はあまり目や耳に入れないようにしていたが、先日インターネットのニュースで韓国や中国に進出することが決まったと見た。きっと彼は会社で大きな業績を上げているに違いない。

「絶対に私の居場所を教えちゃダメだよ。大事な子供を奪われたら悲しいから」

『……そうね。彼自体はすごくいい人だけどね。お金持ちの家に産んであげられなくてごめん』

いつも元気な母が珍しく沈んだ声を出した。

「何言ってるの。私はお母さんに産んでもらってよかったと思ってる」

『……ありがとう。じゃあ明日北海道に行くから』

「うん、待ってるね」

年末年始は毎年休業するのが定番だ。唯一母がゆっくり休めるときである。

出産を控えている娘を心配した母は、北海道までわざわざ会いに来てくれるらしい。久しぶりに会えると思うとうれしくて、心が穏やかになった。

通話終了しテレビをつけて何気なくぼんやりと見つめていた。

「真司さん……私のこと探しに来てくれてるんだ」

胸が苦しくなる。

まだ好きだと思ってくれているのかな？

それとも急に姿を消したから怒っているのか。

北海道にいればきっと見つかることはない。そしてこれからの私たちの人生も交わることがないのだから、彼のことは忘れる努力をしよう。でも子供にとっては父なのだ。

私もそうしたように、ある程度大きくなったらどんな人が父なのかと聞かれる可能性が高い。

そのときは、心から愛していて本当に素敵だったと伝えるつもりでいる。

第五章　解けていく謎

一月になり年末年始休暇が明け、会社も通常営業になった。

相変わらず忙しい日々を過ごしているが、俺はすずのことが頭から離れなかった。

同時にすずの母と中渡社長のことも時間ができるたびに頭をよぎっていた。

愛する人が目の前から消えてしまう悲しみは、予想以上に大きな衝撃だ。

中渡社長は愛する女性が妊娠したと知り、その直後に身を隠されたのだから絶望的だっただろう。

（他の女性と結婚しているが、割り切って生きているのだろうか？）

どうしてもそのことが胸に引っかかり、中渡社長に会ってそれとなく話を聞くことに決めた。

数日後の夜、懐石料理店で約束をし、俺は一人で向かっていた。

中渡社長は秘書を連れてきていたが、一人でいる俺を見て席を外させた。向かい合って座り日本酒を酌み交わしながら、料理を嗜《たしな》む。

「真司さんが私を呼び出すとは珍しいこともあるのですね。娘との結婚をついに決めてくれましたか？」

「お話を聞きたいことがあったんです。わざわざお呼び立てしてしまい申し訳ありません」

どのように話を切り出そうか悩んだが、ここはストレートに聞くのが一番だと思った。

「過去に愛していた女性はいましたか？」

唐突な質問だったら口にしてみた。一瞬表情が変わったように見えたが穏やかに笑う。

「もちろん。妻のことを愛しましたよ」

「結婚する前にどうしても忘れられなかった女性はいませんでしたか？」

俺の質問に社長は黙り込んで、探るような視線を向けてくる。

「中渡社長が、過去に真剣に愛した女性を見つけたんです」

「何だって？」

「丸川佐和子《さわこ》さんでは……ありませんか？」

その名前を出した瞬間部屋の空気が一気に変わった。

「なんでそれを知っているんですか？」

「自分もこんな縁があったなんて驚いています」

何から説明をしていけばいいのか迷ったが、すずと出会い生い立ちを聞いて、それでも結婚する覚悟を決めていたところ姿を消してしまったこと。

そして忘れていった手帳から、若かりし日の中渡社長の写真が出てきたことを説明した。

「今でも彼女のことを愛していて、何度も何度もその母の家に訪ねたんです。そして先日、彼女の母は写真の人物を愛していたと話してくれました」

度肝を抜かれたような表情をしている。こんな偶然があるのかと誰もが信じられないだろう。

「佐和子は……子供を産んだんですか？」

「ええ。中渡社長の血を引いた娘さんですね」

「……突然姿を消してしまったから子供も産まずにどこかに行ってしまったのだと」

その話をした後、彼はふと思い出したようにこちらを見る。

「もしかしてパーティーで秘書として同席させていたあのお嬢さんが……」

「そうです。彼女の父が中渡社長であるということがわかりました。まずはどんな形であれ感謝の気持ちを伝えさせていただきたい。あなたがいなければ自分は彼女に出会うことができませんでした」

「……なんてことだ」

いつも冷静で穏やかな表情を浮かべている中渡社長が、かなり取り乱している。

「パーティーで出会った日、私は好きだった女性に似ているからと彼女を追いかけました。こともあろうことに昔愛した女性に似ていると話をして……。そのとき、すずさんは私のことを父かどうかわかっていたかは不明ですが、穏やかに話を聞いてくれました。感じたことのない安心感を覚えていたんです」

そんな話をされていたなんて、俺はまったく知らなかった。

「すずさんと佐和子は今どこで暮らしているんですか？」

「それが結婚の約束をしてから日本を立ったのですが、帰国した後彼女は姿を消してしまいました」

「私のせいかもしれない……」

震える声でつぶやいて説明をしてくれる。

「自分は身分差があって好きな女性と結婚できなかった過去があったことを話しました。だから娘には、愛している人と結婚させてあげたいと話したんです」

「そうだったんですか……」

「私は佐和子にも、すずさんにも悲しませるようなことばかりして本当に申し訳ない。会ってお詫《わ》びがしたい」

その様子を見ると本当に佐和子さんを愛していたのだとわかる。

「今、ご家庭があるのは充分理解していましたが、愛する人が目の前から消えてしまう悲しみが自分にはわかるんです。だから伝えられずにはいませんでした」

俺は真剣な眼差しを向けながら話をした。

「沙弥も目に入れても痛くないほどかわいいですが、佐和子を心から愛していたのは事実です。妊娠したと聞いたときは、地がひっくり返ってしまうのではないかと思うほどうれしかった。……しかし、娘に苦労させて傷つけてしまったことを謝りたいです」

彼は力強い瞳をこちらに向けてきた。

「一緒に探しましょう」

はっきりした口調で言われ俺は頷く。

「ありがとうございます。ただ権力を使って探すのは彼女が嫌がると思うんです。父と母に身分差があって、結局母と結婚ができなかったというのがトラウマになったので。やはり佐和子さんを説得して居場所を教えてもらうのが一番だと」

「言う通りだと思います。佐和子は新たな男性と結婚したんですか？」

「いえ。ずっと一人でおにぎり屋をやりながら頑張っていました。娘は大学までやって立派に育てられました」

社長は苦しそうに何度も頷いて、涙を堪えているように見えた。

「近いうちに一緒に連れていってください」

中渡社長は大事な家庭や娘がいても、どうしてもお詫びをしたかったのだろう。俺は連れていくことを約束して、その日はお開きになった。


翌日、中渡社長から連絡が入り奇跡的にも三日後に会える約束が取れた。しかも、俺のスケジュールが空いている。幸運だった。

すぐに当日を迎え、すずの母が住んでいる家の最寄り駅の近辺で待ち合わせをし、店が閉まる頃を見計らって行く。

中渡社長は緊張した面持ちで歩みを進めている。おにぎり屋の前に到着するとシャッターを下ろそうとしていたところだった。振り返った母は俺を見て追い返そうとした。

「年が明けてもまた来たんですか？　何度言ったらわかるんですか。もう来ないでくださいと言ったはずですよ……」

目を吊り上げて怒った後、隣に立っている社長に視線を動かし、信じられないといったような表情を浮かべた。

「佐和子……」

「どうして？　え？　なんで……」

明らかに動揺している。驚かせてしまって申し訳ない。

「少しだけ話をさせてもらえないか？」

「……私は何も話すことはありません」

中渡社長は地面に膝をついた。

「佐和子、苦労をかけてしまって本当に申し訳なかった。お前とお腹の中の子供のことを一日も忘れたことはない」

「こんなところでやめて……。まずは中に入ってください」

すずの母は店の前で問題を起こしたくないと思ったのか、部屋の中に入れてくれた。決して広いとは言えない部屋の中。贅沢《ぜいたく》していないのもわかる。節約をして苦労しながら生活しているのが伝わってくる空間を見て、中渡社長の眉毛がだんだんと下がっていく。

俺と中渡社長にお茶を出し、並んで座る俺たちのちょうど真ん中くらいの前に座った。

「どういうことなんですか？　なぜ二人が一緒にいるのか説明してください」

「実は自分の両親から中渡繊維の令嬢と結婚してほしいと迫られているところでした。自分にはすずさんがいるので断っていたのですが。どこに行ったかわからず悩んでいるときに手帳を見つけ、挟まっていた写真を見ました。そしてお母様に先日お話を聞いて……」

「今頃、私たちを引き合わせてどうするつもりなんです？」

すずの母はかなり怒っているようだ。それもそうだろう。勝手なことをしてしまい申し訳なかった。

しかし、中渡社長の男としての立場を考えたとき、やっぱり愛していた女性に会いたいのではないかと思う気持ちのほうが強かったのだ。

「佐和子に……私がどうしても会いたいと懇願したんだ」

「何のためですか？　私はもうあなたと縁を切ったのですよ」

かなり冷たい瞳を向けて畳み込むように言葉を投げかける。

「苦労させて申し訳なかった。てっきり子供を産むのを諦めてどこかに逃げてしまったのかと考えていたんだ」

「私がそんなことするはずがないじゃないですか！」

悔しいのか苦しいのか瞳に涙を浮かべて言っている。

「そうだ。浅はかなのは自分だった。身分が何だったんだろう。愛する人を失った悲しみは今でも胸に残っている。しかし、自分は家のために結婚する道を選んだ」

悲しそうに話す社長を見て、すずの母は眉根を寄せる。

「今の妻との間にできた子供は真司さんをたいそう気に入っている。しかし、すずさんと真司さんの二人の間を引き裂くわけにはいかないと思ったんだ。自分と佐和子と同じように二人を悲しませるわけにはいかない」

真剣な社長の言葉に母は厳しい表情をしていたが、少しずつ柔らかくなっていく。

「父として娘二人を悲しませる結果になって本当に申し訳ない……」

肩を落としている中渡社長を見て切なくなった。すずの母も複雑そうな表情を浮かべている。

「私は真司さんにこうして佐和子に会わせてもらい感謝をしている。今日ここに来ることも妻には伝えてきた。理解してくれ、誠心誠意対応してきてくださいと言われているんだ。なんでもさせてもらう。この通りだ」

社長はふたたび頭を深く下げた。

「勝手なことをしてしまい申し訳ありませんでした。自分はすずさんに会いたい。中渡社長は娘に会って謝罪をしたい。真剣に居場所を探しております。……どうか教えていただけませんか？」

俺はこれが最後のチャンスだと思って、今まで以上に心を込めてお願いをした。

頭を下げて気持ちが伝わってほしいと念を送る。しかし、しばらくの間、すずの母は無言だった。

「あなたの娘さんは、真司さんをたいそう気に入っているのよね？　もし、すずと真司さんが結婚することになったら、傷つくんじゃないかしら？」

すずの母が中渡社長に質問したが俺が口を開く、

「それは俺が説得します。元々彼女とは結婚できないと何度も話していましたが、俺と婚約していると言いふらしていて世間ではそういう流れになってしまっていたんです」

「異母姉がいたことに驚かれるかもしれないわ。どうやって説明するのですか？」

心配そうに告げた彼女の言葉に中渡社長は深く頷いた。

「隠していても知られてしまうことだと思うんで、姉がいるということは私からも説明します」

その答えを聞いたすずの母は、何かを吹っ切ったような表情になり口を開いた。

「まさかあなたが目の前に現れる日が来るなんて思わなかったです。愛する人の子供を産んで立派に育てようと必死で頑張ってきました。でもあのとき、もっとあなたと協力していれば夫婦になれたかもしれない。私とあなたはお互いを信じる気持ちが弱かったのかもしれません」

「私も未熟だった。本当に申し訳ない」

「……ずっと一人で頑張ってきました。不安で押しつぶされそうなこともたくさんあって。女性が一人で子供を産んで育てるということは本当に大変なことでした」

社長は何度も頷きながら話を聞いている。

「娘には同じ思いをさせたくない」

唇を震わせながら母は涙をこぼした。

「真司さんが大企業の息子さんだと知ってすごくショックでした。娘も同じ道をたどるのかもしれないと思ったんです」

「俺は両親を説得する自信があります。結婚を認めてもらうために仕事も頑張ってきました」

「そのようですね。あなたなら信じられるかもしれない。大事な娘を託してもいいかもと思いはじめています」

固い大きな氷がだんだんと溶けていくようだ。

自分の胸の中に希望が湧き上がり、もしかしたらあともう一歩でゴールにたどり着けるかもしれないと感じる。

望みをかけて俺は母の表情をしっかりと見つめていた。

「娘には私と同じ思いをさせたくない。一人苦しんでほしくないんです」

振り絞るように言って次の瞬間俺の瞳をじっと見つめた。視線が絡み合い息を呑《の》んだ。

「娘のお腹の中には、真司さんの赤ちゃんがいます」

衝撃的な発言に一瞬頭が真っ白になり、なぜか泣きそうになった。

すずのお腹の中に自分の子供がいる。

湧き上がる喜びが胸を支配し、今すぐ彼女を抱きしめたい気持ちに陥る。なぜそんな素晴らしいことを彼女は言わずに姿を消したのだろうか。

俺の隣にいる社長も驚いている様子だった。

「子供がいると告げたら、子供だけ奪われてしまうと不安になっていたんです。それは母である私も同じで、妊娠していることは言わないほうがいいと言いました」

「……そんな、なぜそんな大事なことを」

「何度も妊娠していることを告げようとしていましたが、今はどうしても言えるタイミングじゃない。あなたが仕事を認めてもらえるチャンスだから。悩みに悩んで姿を消して一人で産む覚悟をしたんです」

すべて謎が解けた今、全身の力が脱落するような感覚に陥った。しかし全部が解決したわけではない。むしろこれからのほうが重要なのではないか。

一人で辛い思いしながら妊婦生活を送っている彼女を想像すれば、一日も早くそばにいてやりたい。そのためにまだまだ気が抜けないと思った。

「……結婚前に妊娠させてしまい本当に申し訳ありませんでした」

まずは授かってしまったことへのお詫びをする。

「でも、愛する人が身ごもったと聞いて震えるほど感動してます」

すずの母は頬を流れる涙を払い複雑な表情を浮かべた。

「子供だけ奪うなんてことは絶対にしません。両親を説得し必ず認めてもらいます。今俺は父になったという喜びで胸が満たされています。そして辛いときに彼女を一人にしてしまったことが申し訳なくて胸が張り裂けそうです」

自分の気持ちが彼女に伝わったのだと確信する。彼女の俺を見る目つきが穏やかに変化したのだ。

「すずさんは、どこで過ごしているんですか？　お腹の中の子供は順調ですか？」

「北海道で一人で頑張っています。もうすぐ、赤ちゃんが生まれてくる予定です」

強い衝撃に一瞬眩暈《めまい》を覚えた。

もうすぐこの世の中に我が子が誕生する。

そして、大きくなったお腹を抱えながら、寒い北海道にて一人で頑張っているのだと知り胸が張り裂けそうになった。

「今すぐにでも飛んで行きたいのですが、中渡社長のお嬢様を説得し、自分の両親の許可を得て、安心できる状態にして迎えに行きたいです。なるべく早く状況を整理させていただこうと思います。すずさんの居場所を教えていただけませんか？」

母はやさしく笑う。

「そうしていただけると安心です。娘には居場所を絶対教えるなと言われているので。すべての条件が整ったとき、もう一度来てもらえませんか？　中途半端なことをされて娘が泣く姿は見たくありません」

「わかりました」

やっとすずの母の心を開くことができた。

そして俺は早速次の日から行動開始することにした。

一日も早く愛する人を迎えに行きたい。

「私も協力させてもらいます。娘を説得し姉がいたことを説明しようと思います。そして可能であれば、自分はすずさんの父として協力できることがあれば何でもやらせていただきたい。もし可能であれば娘と孫に会わせてもらいたいです」

「私としては縁を切った人なので関わってほしくないですけど、ずっと父の写真を大切にしていたということは娘にとってあなたはやはり父なんです。真司さんとのことが落ち着いてから、会っていただけたらいいんじゃないですか？」

すずの母は辛い思いをしてきたはずなのに、心の広い女性だと感じた。

すずを大切にして幸せにすることで、母までも幸せにしていけるのではないかと思う。すずと一緒に親孝行したい。

「ありがとうございます。一日も早く迎えに行きます」

そう約束して俺と中渡社長は後にした。

次の日、沙弥さんとホテルのラウンジで会うことになった。

仕事を終えてからソファに座って待っていると彼女が颯爽とやってくる。

昨夜のうちに異母姉がいたこと、俺との結婚ができなくなったことを中渡社長は伝えてくれている。

俺の目の前に座り、彼女は細長い足を組んだ。

コーヒーを二つ注文して見つめ合う。

「真司さんが呼び出してくれるなんて珍しいこともあるんですね」

綺麗に口紅がひかれた唇を横に引き伸ばして笑顔を浮かべる。

「突然呼び出して申し訳ありません。中渡社長からお話を聞いたと思いますが」

「ええ。私は混乱しているわ。パーティーで会ったあの女が私と血のつながりがあったなんて信じられない」

「自分もすごく驚きました」

「私は姉だと信じたくない。認めるつもりもないわ」

唇を震わせているように見える。もし彼女の立場だったら自分もかなり動揺し、なかなか受け入れることはできなかっただろう。

「かなり驚かれていると思いますが」

「腹違いの姉がいたということは今でも信じられないけれど、そこは自分の心の中で消化するしかないと思っているわ。だけど、そうであっても私とあなたが結婚できないという理由は納得できない」

「元々、お付き合いはできないと言っていたはずです」

曖昧に答えてしまっては彼女の都合のいいように解釈されてしまうかもしれない。ここは厳しいかもしれないが、はっきりと言うしかないと思った。伝えたことで彼女の表情が険しいものになっていく。

「うちの会社とあなたの会社が手を組めば、大きな事業が成功する可能性が高い。真司さん立場をわきまえて言ってるの？」

「たしかにそうかもしれませんが、大事な人生を会社のために捧《ささ》げるという考えには納得できません。すずを愛する気持ちは、それよりも大きいです」

ストレートに言葉をぶつけたら、沙弥さんは握りこぶしを作りスカートの上で震わせている。俺を睨みつけ恐ろしい表情だった。

「裏切り者……。私、怒ったら何するかわからないからっ！」

「……突然、姉がいると聞いて驚かれている気持ちは心からわかりますが、せっかく才能のあるあなたが犯罪行為をしてしまえば本当にもったいないことだと思います。

あなたにはその才能を磨いて頑張ってほしいと願っています」

「そんな慰めるような言葉を言っても無駄よ」

「女性としては愛することはできませんが、デザイナーとしてのあなたの才能は本当に素晴らしいと思っています」

こちらが真剣な気持ちを伝えると、彼女は少し落ち着きを取り戻す。

息を大きく吸ってこちらを見てくる。

「……でも私はあなたが好きで、諦められないわ」

「その部分に関しては応えられず申し訳ないですが、あなたの才能が花開いたとき、会社として応援できることはあると思います」

彼女が唇を震わせて涙がぽろりとこぼす。

こんなに思ってくれていたのだと知らずに驚きもあったが、動揺する表情は見せないと決めていた。だから彼女の瞳には冷たく映っているかもしれない。

「お幸せに……なんて言えないけど、私、デザイナーとして成功する。見返すわ」

「ええ、あなただったら絶対に成功すると信じています」

彼女はまたさらに涙を流した。そして立ち上がり俺の前から去っていく。

彼女なりに理解してくれたと解釈してもいいのではないだろうか？

すず、もう少しで迎えに行くから待っていてくれ。あとは両親を説得するから。

早く両親に伝えたいと思っていたが、仕事が立て込んでしまい時間を取ることができない日々が続いてしまった。

子供がいつ生まれてくるかわからない。

避妊を失敗してしまった日から計算して、もうすぐ生まれてくるのではないか。一人で出産させるなど不安なことはさせたくない。

両親に会って説明するのが何よりも先決だと思い、仕事を片付けた俺は時計を見つめた。二十二時。

こんな遅い時間に実家に行けば驚かせてしまうだろう。しかし明日は土曜日であり、できることなら朝一で住所を聞いて、北海道に飛び立ちたいと思っていた。

スマホを手に持つ父に電話をかける。

『こんな時間にどうした?』

仕事の用事だと思っているようで厳しい声音だった。

「どうしてもお話ししたいことがあるので、これから実家に行ってもいいでしょうか?」

「待っている」という言葉をもらいオフィスを出た。

車を運転しながら、どうやって説明すればいいかシミュレーションを頭の中で重ねる。

突然結婚したい人がいると伝え、しかも妊娠しているとなれば両親はどんな反応をするのだろうか。

父は一人っ子の自分に厳しく、後継者として教育を受けさせてきた。厳しいところもあったが常に俺の成長を考えてくれる素晴らしい父だと尊敬している。

自分も父になるのだから彼のようになりたいと心から思いながら運転していた。

都内の一等地にある一軒家の実家に到着する。駐車場に車を入れ緊張した面持ちで家の中に入っていた。

「真司、こんな遅くにどうしたの？」

母が心配そうな表情を浮かべて出迎えてくれる。

リビングへと招かれソファに腰をかけて新聞を広げながら待っていてくれた父がこちらに視線を移した。

ピリついた空気の中、父とは逆側に腰を下ろす。母は父の隣に何気なく座った。

「こんな遅い時間に申し訳ない。大事な話があってきました」

「たしかに、こんな時間に来るなんて相当大事な話なんだろうな」

父が話しやすいように笑顔を浮かべてくれた。

「実は結婚したい人がいます」

「何を勝手なことを言っているんだ。しかし中渡繊維さんと縁談を進めていたところじゃないか」

「そのような話はありましたが、一切同意していません」

父は呆れた表情を浮かべている。

隣に座っている母は複雑そうな表情をしていた。

「しかも愛する女性のお腹の中には……俺の子供がいます」

「なんですって?」

そのことに母のほうが度肝が抜かれていた。

「結婚前のお嬢さんを妊娠させてしまうなんて……なんて大変なことをしてしまったの」

取り乱している母の肩をやさしく叩き父がこちらを見つめてくる。

「今は授かり婚というのも世間的には許される時代であるが、ただどんなお嬢さんかわからないから、簡単には許すことができない。もしかしたら家の財産を狙って近づいてきた可能性だってなきにしもあらずだ」

「声をかけたのは俺からで、落ち込んでいるときに救ってくれました。しかもはじめの頃はどんな身分であるのか一切話しませんでした」

出会いからどういうきっかけで付き合うようになったのか。そして仕事で成功を収めたら結婚したいと約束をしていたことを話した。

「ところが、一般家庭のお嬢さんで身分差を気にして身を隠してしまったんです、今は、一人で北海道で頑張っているそうです。俺は二人の許可を得たら迎えに行こうと思っています。いや、もしお許しいただけなくても彼女と結婚するつもりです」

決意を聞いた両親は驚きつつも、気持ちを受け入れてくれているように見えた。

「相手は偶然にも会社に入ってきた、丸川すずさんという女性です」

その名前に聞き覚えがあったのか、父が目を大きく見開いた。

「あの優秀なお嬢さんか。仕事ができて感じがいい子だったんだ。だからいつかは社員になってもらって、私の専属秘書として働いてもらおうと思って考えていたところ退職されたから、何か深い理由があったのかと思っていたのだが……まさか、こんなことになるとは」

その説明を聞いた母が安心したように息を吐いた。

「素敵なお嬢さんなのね。よかったわ」

「でも中渡社長とはどうやって折り合いをつければいいか」

「その件についても決着をつけております」

準備がいいからと両親は感心している。

「どうやって？」

父が真剣な眼差しを向けてきた。

「すずの母はシングルマザーなんです。実はいろいろ偶然が重なって、すずの父が中渡社長だということがわかったんです」

すべて事実を打ち明けたが、両親は驚きすぎて言葉も出ていない。

「中渡社長はすべて知った上で娘さんとの婚約はなかったことにしてくれ、すずと結婚しても、企業としてバックアップをすることを約束してくれました」

「そうだったのか。大したものだ。ただ今後は私に相談することだ。うまくいったからいいものの一歩間違えれば大損失になる」

「勝手な真似《まね》をして申し訳ありませんでした」

俺は深く反省し頭を下げた。

「それだけ彼女を愛する気持ちが強い証拠なんだろう。きっとすずさんは一人で苦しい思いをしているはずだ。早く迎えに行ってあげなさい」

「はい。ありがとうございます」

「すずさんとお母様にご挨拶できる日を楽しみにしているわ」

「わかりました。一日も早く家族全員で対面できる機会を作ります」

父母の慈愛に満ちた瞳に胸がじんわりと温かくなる。

すずをもう、悲しませない。俺は心に誓った。


次の朝一でおにぎり屋へと向かった。

オープンしたばかりの店でまだ人がいない。すずの母は俺を見て頷いた。

「おはようございます、真司さん」

「おはようございます。中渡繊維の娘さんと、自分の両親を説得してきました。これで安心してすずさんを迎え入れることができます。これから北海道に行こうと思うので住所を教えていただけませんか？」

すずの母はやさしく笑ってエプロンのポケットに入っていたメモを渡してくれた。

「今日、真司さんが来てくれるような気がしていたんです。私の電話番号も書いてあるので何かあれば連絡ください」

「ありがとうございます……」

大事にメモを手に持った。これでやっとすずに会うことができるのだ。長かった。

でも、愛する人を手に入れるため諦めることはできなかった。

俺はすずの母を見つめる。

「近いうちに自分の両親とご挨拶させてください」

「わかりました。娘のことをどうぞよろしくお願いします」

俺はその足で空港に向かい、飛行機に乗ったのだった。

第六章　深まる絆

北海道の一月は真冬でとても寒い時期だ。

お腹がはち切れてしまいそうなほど大きく膨らんでいるので、バランスが取りにくく歩きづらい。雪の路面は足元が滑るので絶対に転ばないように気をつけていた。

予定日があと五日後に迫り、いよいよ赤ちゃんに対面できるのだと思うと楽しみで仕方がない。不安がないといえば嘘になるが、頑張ろうと思っている。

中古でベビーベッドを買ったり、洋服をもらったりして準備万端だ。あとは子供の名前を決めるだけなのだが、どうしても決まらずに悩んでいた。

「……どうして『すず』って名付けたんだろう?」

小さな声でつぶやく。

買い物を終えて戻ってきた私は椅子に腰をかけて一息つく。これから夕食の支度をしなければ。

「お腹減った」

ひとり暮らしになると独り言が多くなる。でも胎動を感じるから寂しくない。

「ベビちゃんもお腹空いたのかな？」

話しかけてお腹を撫でると波打つ。

「早く会いたいね」

さて料理でもはじめようかと思ったときチャイムが鳴った。

（誰だろう。荷物？）

玄関を開くと、予想外の人物が立っていたのだ。

「し、真司さんっ！　どうしてっ、こんなところに？」

驚きすぎて腰を抜かしそうになる。

「すず、本当に申し訳なかった」

玄関に入ってきて長い腕で抱きしめられる。

夢でも見ているのか？　現実なのかわからず、一気に血圧が上がった気がした。

「訳がわかんないよ。ごめん、めまいがする……」

「すず、これからは、子供も、すずも守り抜いていくから」

「え？　痛い……痛い……」

急に下腹部と腰の辺りが痛くなってきて、その場にうずくまってしまう。

「大丈夫か？」

「もしかしたら陣痛がきたかもしれない……！　病院に電話してみる」

「え、わかった！」

こんなに早く陣痛がくると思わなかったので焦るが、私はスマホを手に取る。

はじめてのことでわからなくて不安だったけれど、なぜここにいるのかはわからないが、真司さんがそばにいてくれるのでなぜかすごく安堵感があった。

痛みの間隔が狭まっている。

急遽タクシーで病院に向かうことになり、真司さんがタクシー会社に電話をかけてくれた。

体を支えながら玄関の外に出て待っているとタクシーが到着し、乗り込んで安心したのも束《つか》の間《ま》、予想以上の痛みに頭が真っ白になる。

「痛い……っ」

「すず……もう少しだから頑張れ」

「うー、痛いっ」

顔をしかめながらお腹を抱え込む私を見て彼はあたふたしている。

励ましてくれているうちに病院に着いた。

病室に連れられドクターが様子を見にくる。

「もう少しで産まれそうね。しばらく様子を見てみましょう」

「はいっ……」

痛みが強くなってまた少し落ち着いて。その感覚がだんだんと狭まってくる。

「すず、頑張れ」

「ありがとう」

（なんで彼がここにいるのだろう。痛すぎて幻でも見ているのだろうか？）

頭の中で考えるが、質問している余裕なんてない。

きっと私が驚きすぎて、お腹の子供もびっくりして出てこようとしているのだ。

真司さんは腰を擦ってくれたり、手を握ってくれたりして励ましてくれる。

そんな時間がしばらく続き、夜、二十時を過ぎた頃、私は分娩室《ぶんべんしつ》へと向かった。

出産中の出来事はあまりにも衝撃的ではっきり覚えていない。

強い痛みと苦しみと、とにかく必死で力んでいたことも覚えているが、初産にしては安産で、一時間で出てきてくれた。

元気な産声が耳に届き涙がこぼれ、今までに経験したことがない感激に包まれる。

「丸川さん、頑張りましたね。元気な男の子が生まれてきましたよ！」

「オギャアオギャア」

顔を真赤にしながら、力いっぱい泣いている姿を見て我が子から生命力を感じた。

一生、この子を守り立派に育てていこうと深く決意する。

「やっと会えたね」

やさしい声で話しかけた。

「ご主人にも赤ちゃんを見てもらいますね」

「あっ……」

子供が連れていかれるのを見て、私を不安に襲われた。

たしかに赤ちゃんのお父さんは真司さんだけど、結婚しているわけではない。

どうしたらいいのかと思っていたが、出産直後で正常な判断ができなかった。


病室に戻ってきた私は疲労が強く、体が重く感じている。しかし、頭はすっきりとして落ち着きをも取り戻していた。

連れられてきた部屋は、スイートルームのように広く、立派な内装の個室だった。

私は個室を選ぶ金銭的な余裕がなかったので、普通の部屋をお願いしたはずだった。

部屋をキョロキョロと見回していると、真司さんが柔らかな笑顔を向けてきた。まるで王子様のよう。

相変わらず素敵なので、出産したばかりだというのに胸がキュンキュンしてしまう。

「では何かあればナースコールで呼んでください」

看護師が病室を退出し、真司さんと二人きりになった。

「……真司さんだよね？」

「ああ」

「本物？」

「すず、申し訳なかった」

泣きそうにして謝ってくる。攻める気持ちなんてなく、ただ驚いているだけだった。

「それと勝手なことしてごめん。個室に取り替えてもらったから」

「えっ……そうだったの？」

「すず、頑張ってくれてありがとう」

真司さんが涙ながらに手を握ってきた。

「かわいい男の子だったな……。すごく小さくて一生守ろうと思っている。すずのお母さんにも連絡をさせてもらって、明日の朝一で来るって。おにぎり屋はしばらくお休みにするそうだ」

母と真司さんはいつの間に連絡先をやり取りしていたのだろう？

「真司さん、待って……。私、状況が飲み込めていないんだけど」

「そうだよな。今話しても大丈夫か？」

「うん、お願い」

何から話していいのか迷っている様子だが、一つずつ噛《か》み砕《くだ》くようにして打ち明けていく。

まず私が会社に忘れていた手帳から、いろいろわかったということを教えてくれた。

「パーティーで出会った中渡繊維の社長さんがすずの父だ」

「やっぱり彼が父だったんだね」

一目見て、わかった。でも確信が持てなかったから私は何も行動に移さなかった。

「たった一枚ある父の写真を大切にとっておいたの。母には申し訳ないと思っていて、会いたいという気持ちは話したことがなかったけど」

真司さんはすべてを受け止めてくれるような瞳を向けている。

「会ったら文句の一言でも言ってやろうと思ってた。でも、パーティーでね、過去に好きな女性がいたことと、その人を本気で愛していたという話をしてくれて。母のことを真剣に愛して私が生まれてきたんだなと思ったら、そんな気にならなかったの」

「そっか」

真司さんはやさしく頷く。

「俺は何度も何度もすずのお母さんのところに通ったんだけど、どこにいるか教えてもらえなかった。愛する人に会えない悲しみを知って俺は悩みに悩んで中渡社長に、事実を伝え、すずが娘であるということを知ってすずのお母さんに会いに行ったんだ」

そんなことがあったなんてまったく知らなかった。

その後、父と母は対面し、和解。これからおにぎり屋の資金援助もしてくれるという話になったそうだ。

「でも、私と一緒になったら企業協力をしてくれないんじゃないの？」

「いや、大丈夫だ。すずと俺が愛し合っているのを理解し、結婚をしても企業協力すると約束をしてくれた。彼はすずの父親でもあるんだ」

「そうだったの」

「落ち着いたら、中渡社長が父として会いたいと言っていたが、すずは大丈夫か？」

「……お父さんとして会ってくれるのはうれしいけど……。沙弥さんは私より年下だよね？」

「ああ、そうだな。二歳ほど」

「ということは私の妹になるってことか……」

「そういうことになる」

沙弥さんの憎しみに満ちた目が脳裏に焼きついている。でも、血がつながっていると聞いて他人だとは思えない。

「彼女は私の存在を知ってるの？」

「あぁ。かなり混乱はしているようだったけれど、会って話し合いもしてきたし彼女なりに理解してくれたと思う」

「そう……」

今はその言葉を信じるしかない。何か行動しようと思っても動ける状況ではないし、きっと彼も全力で説得してきてくれたのだろう。

彼の婚約問題や私の父のことは理解できたが、結婚は二人で決められることではない。一般家庭出身の私を嫁として迎え入れてくれるのだろうか。

子供だけ奪われてしまうという最悪の事態を想定すると震えがこみ上げてきた。

私の表情が一気に曇りはじめたのか、真司さんが心配そうに顔を覗き込んでくる。

「そこまで話はわかった。でも真司さんのご両親は私のことを知ったらどうするのかな。お腹を痛めて生んだ子供を絶対に手放すつもりはないわ」

強い口調で言うと彼はやさしく微笑んだ。

「そんな悲しいことはさせないさ」

不安がる私を、彼は安心させるようにご両親とのやり取りも聞かせてくれた。

「一般家庭出身なのに……社長は本当に許してくれたの？」

彼の父というよりも私にとっては社長というほうが印象が強く、ついそのように言ってしまった。

心配でたまらない私を安心させるように大きな手のひらでやさしく髪の毛を撫でてくれる。

「仕事をきっちりしているお嬢さんだったからって父は喜んでいた。母も父の反応を見て安心していたから、安心してくれ。政略結婚させようと考えていたことは間違いないが、そのことも含めて解決しているから何も心配はいらない」

夢のような話で私は胸がいっぱいになった。

「信じられないよ。私ものすごい覚悟をしてこの子を産んだの。何があっても一人で育てていくって。未婚のまま子供を育てていくことの覚悟は母の姿を見て知っていたし。すごく怖かった……」

「本当に申し訳ないことをした。出張前に話したそうにしてくれていたのに俺が忙しくしていたから」

謝ってくれる。私は頭を左右に振りながら笑った。

「大好きなあなたと一緒に暮らしていけるなんて本当に幸せ。授かり婚って言われて大丈夫なのかな」

「父は新しい考えの人間でそれもありだと言ってくれた。何よりもベビー用品の社長の息子が子供ができたということで世間的にも喜んでもらえるだろうって。だから何も心配することがない。すずも子供も大歓迎だ」

こんなふうに認めてくれる日が来るなんて思っていなかった。うれしくて涙が溢れてくる。

彼は私の手を持った。そして返したはずの指輪が手に持たれていて薬指にはめられる。

「これからも一緒にいてくれるね」

「もちろんです。本当にありがとう」

「今日は俺も一緒に泊まることにしたから」

特別室は家族用のベッドが用意され一緒にいられるのだ。

離れたくなかったから、思わず笑顔になった。真司さんはそんな私を撫でる。

「ゆっくり眠って」

「うん、おやすみなさい」

私は出産直後ということで疲れもあり、眠ってばかりだったけれどぐっすり眠れたのは、彼が一緒にいてくれたおかげだと思う。


夜中に目が覚めたとき、視線を感じて瞳を開けると彼が私を見てにっこりと笑った。

「びっくりした」

「こうしてそばにいられるのがうれしくて」

「私もうれしい」

顔を近づけてきてやさしくキスされる。

私が母になっても彼はこうして愛し続けてくれるのだなろうと実感した。

「赤ちゃんの名前考えなきゃね」

「そうだな。いろいろ調べてたんだけど迷ってしまう」

「お父様に考えてもらったほうがいいのかな」

「それもありだと思うけど、親父《おやじ》のことだから堅苦しい名前をつけるかもしれない」

そう言ってクスクス笑っている。

まさか命名のことで、こうして穏やかな気持ちで話せるなんて、思ってもいなかった。

幸せな気持ちはあるが、私は気になっていることがある。

それは中渡繊維の社長令嬢のことだ。パーティーで紹介してもらったときものすごく睨まれて、身の危険を感じるほどだった。

気のせいかもしれないけれど、後をつけられていたのも彼女の指示なのではないかと思って私は真剣に身を隠すことを考えたのだ。

彼が結婚について説得してきてくれたと話していたけれど、少しでも血がつながっているなら私は仲よくしたい。

今までは、姉妹がいると思っていなかったから。

でも相手の立場になって考えてみたら簡単に受け入れられないかもしれない。考え込んだ私は表情を見て彼が頭を撫でてくる。

「今日はもう遅いからゆっくり眠ったほうがいい」

「うん、真司さんもね」

そして私たちは眠りについたのだった。

次の日、赤ちゃんが個室に連れられてきた。今日から一緒にこの部屋で眠ることになる。

真司さんはとろけそうな表情を浮かべたが、赤ちゃんの名札のところに『丸川さんの赤ちゃん』と書かれていて彼は眉根を寄せる。

自分の子供なのに、結婚していない状態なのが苦しいのかもしれない。

私はこうして彼が傍《そば》にいてくれるだけでとても幸せだけど、同じ名字になれる日を心待ちにしていた。

おむつ交換の練習や授乳をすることになり、おぼつかない手つきで頑張る。

小さな我が子を見ると愛しい気持ちが溢れ、守ろうと思えてくるのだ。

お腹にいるときに日に日に母になっていく実感をしていたが、こうして対面するとより一層母性本能が強くなり、心が強くなった気がした。

「退院したら眠れなくなるから、今のうちたくさん寝ておいてくださいね」

看護師さんが笑顔で言って病室から出ていった。

お昼近くになり真司さんは買い出しに行く。

そのタイミングで母がやってきた。朝一の飛行機で飛んできてくれたらしい。

「すず、頑張ったね」

「お母さん、ありがとう。見て、男の子だったよ」

母はベッドに視線を向けた。

「あらぁ、まぁ、かわいい。よく生まれてきてくれたね」

孫の姿を見て泣くのだ、そんな姿を見て私は今までに経験したことのないやさしい気持ちになった。母になって母の気持ちがわかる。

この世に産んでもらったことに心から感謝した。

そしてそのすぐあとに雪子さんも出産祝いに病院にやってきてくれた。

「綺麗な顔をした男の子ね」

「ありがとうございます」

「子育てもしばらく北海道で頑張るんでしょ？　自分の孫だと思って精一杯お手伝いさせてもらうからね」

「それが……」

母が事情を説明すると、驚いたような表情をされたけど喜んでくれた。

「丸く収まったならそれでよかったんだよ。すずちゃんが穏やかな環境で過ごせることを私はずっと願っているからね」

「雪子さんのおかげでこうして無事に出産できました。感謝してもしきれません」

話していると真司さんが帰ってきた。雪子さんは、真司さんのあまりのイケメンぶりに驚いているのか開いた口が塞がらない。

「真司さん、私と赤ちゃんの恩人で母の友人の雪子さん」

「はじめまして、妻が大変にお世話になり、ありがとうございました」

妻と言われて心臓がドキンと動いた。まだ正式には結婚していないのにそう言われてうれしいような恥ずかしいような複雑。

「いえいえ。すずちゃんが幸せになってくれるのでとても安心しております。大事にしてあげてくださいね」

「はい、必ず幸せにします」

力強く答えてくれた彼の姿がとっても頼もしく見える。


その後、しばらく歓談してランチタイムになり雪子さんは帰ることになった。母は雪子さんと昼食を共にするとのことで一度病室を出ていく。

赤ちゃんに目をやると気持ちよさそうに眠っている。

「一刻も早く一緒に住みたいんだが……」

「私も同じ気持ちだけど飛行機が心配でちょっと調べてみたの」

生後八日から飛行機に乗れるという会社が多いが、多くの人は、半年ぐらいは飛行機に乗せてないそうだ。

「まだ骨格もしっかりしていないし万が一のことがあったら心配だなって……」

「そのほうが安心だな。寂しいけど息子の体が大事だ」

「あと半年我慢すれば、これからはずっと一緒だよね？」

「ああ。毎日こまめに連絡して週末来られるときはこっちに来るから」

「ありがとう」

「一人で大変だろうから、家政婦さんなどを雇ったらいい。本来であれば頼れる人がそばにいてもいいはずなのに、俺のせいで申し訳ない」

「そうだね。子育ては未経験でわからないことばかりだから困ったことがあったら頼ってみることにする」

話をしていると私の昼食が運ばれてきた。食事が美味しいと評判の病院で何を食べても本当に美味しい。

満腹になり赤ちゃんの授乳をして、寝かせる。小さな爪や鼻がヒクヒク動くところ、細かいところまでかわいくて仕方がない。

真司さんは赤ちゃんの写真を昨日から何枚撮ったのだろうか。スマホのメモリがあっという間に満杯になりそうだと私は密かに心配していた。

「両親に無事に出産したとまだ正式に報告してないんだ。今から写真を送ろうと思う」

「うん……！」

笑顔で返事をしたが子供だけ奪われるのではないかと少々不安になる。

彼は心配することないと昨日たっぷり聞かせてくれたけれど、実際ご挨拶するまでは安心できない。

「返事来た。すごく喜んでる。近いうちに北海道まで挨拶に来るってさ」

「えっ、来てくれるの？」

社長をしていてスケジュールが空いていないということは、私も会社で働いていた身としてよく知っている。

半年後には上京して会うことができるので、わざわざ足を運んでもらうのは申し訳ない。

「一日も早く会いたいんだよ。初孫だからうれしくて仕方がないじゃないか？」

「そうなのね。ありがたいな……」

「親ってそういうものなのかもしれないな」

やさしくつぶやきながら赤ちゃんに視線を動かす。そういう真司さんもすっかり父の顔になっているように見えた。まだまだ私たちは新米の親だ。これから子供とともに成長していくのだろう。

「中渡社長にも写真を送ってもいいか？」

まだ私は父として対面していないけれど、中渡社長にも伝えたいと思った。しっかり頷くと送信してくれる。

どんな返事があるのか。もしかしたらすぐに返事がないかもしれないと思っていたらすぐに返ってきた。

「中渡社長もとても喜んでくれているようだ。すずと孫に会える日を楽しみにしているって」

「そっか。ありがとう。よろしく伝えてね」

祝福されて赤ちゃんと私はとても幸せである。

人は気がつかないうちにたくさんの人に助けられているのだと思う。

私も息子も誰かの役に立てるような生き方をしていきたい。まだ出産したばかりだけど、私の人生観が変わったような気がした。

「すず、子供の書類を役所へ提出する必要があるが、まずは俺たちが入籍することが大事だ。今日、東京に戻るけど、数日以内に提出したい」

「うん、そうだね」

まだ真司さんのご両親と会っていないので、婚姻届を出すのには抵抗があったけど、息子のためにも一日も早く家族になりたい。

いつの間に用意していたのか、夫の欄にサインされている婚姻届が差し出された。

「いつでも入籍できるように用意しておいた」

「そうだったんだ。ありがとう。じゃあ、私も書くね」

ペンを持つ手が震える。今まで何度も自分の名前を書いてきたのに、妻の欄に名前を書くことがこんなに緊張するとは思わなかった。

そんな私に彼は温かな眼差しを向けてくれていた。

一文字一文字丁寧に記入し終えて胸を撫《な》で下ろす。

「あとは承認欄だな」

「私はお母さんに書いてもらおうかな」

「それがいいと思う。これを出したらやっと夫婦になれるんだな」

「うん、幸せすぎて不思議な気持ちだよ」

泣きそうになる私をそっと抱きしめてくれ、彼の腕の中で安心する。まるで夢を見ているかのようだった。

そこに、母がランチから戻ってきて、慌てて離れた。

「お母さん、お願いがあるんだけど」

「どうしたの？」

「承認欄に書いてほしくて」

婚姻届を見せると母の顔に笑顔が広がった。

「何かあったときのために、印鑑も用意してあるわよ。ぜひ書かせてもらうわね」

母は大歓迎というように書いてくれた。

「自分の保証人は父に頼もうと思っております。お母様にもまだ両親がご挨拶できていないので順序が逆になってしまって本当に申し訳ありませんが、責任を持ってこの婚姻届を提出させてもらいます」

「わかりました。よろしくお願いします」

頭を下げてから母は私にやさしい瞳を向ける。

「すず、よかったわ。幸せになるのよ」

「お母さん……今まで本当にありがとう」

感謝の思いがこみ上げてきて瞳に涙が貯まる。その様子を真司さんは温かく見守ってくれていた。

「赤ちゃんの名前はどうするの？」

「いくつか候補を考えたんだけど、どうしたらいいか悩んじゃって」

「たしかに子供の名前を考えるのって迷うわよね」

母がベッドで寝ている赤ちゃんに視線を向けて微笑む。

苗字《みょうじ》と名前を紙に書いてバランスや画数などを何度も見た。

「俺は、翔太《しょうた》がいいと思う。この子には世界に羽ばたいてほしい」

私も同じ意見だったので頷いた。

「うん！　翔太にしよう」

母も賛成してくれているようだ。赤ちゃんはタイミングよく眠りから覚めたようだ。

「あなたの名前が決まりましたよ。翔太君だよ」

大きなあくびをしている。病室内には笑い声が響いた。息子の出生届は東京に行って彼が出してきてくれることになった。

真司さんが東京に戻る飛行機の時刻が迫ってきていた。またすぐに会えるだろうけど、離れたくない。

「じゃあ、そろそろ行く」

「体調に気をつけてくださいね」

「あぁ、すずも無理しないようにな？」

いつまでも寄り添ってそばを離れない私たちを見て、母のほうが照れているようだった。

「毎日連絡するから。次の土曜日も来れたら来る」

「大丈夫。心配しないでね。頑張るから」

ゴホッと母が咳払いをする。

「お母さんはちょっとお手洗いに行ってくるわね。真司さん、気をつけて東京に戻ってね」

気を使ってくれたのか二人きりにしてくれた。

飛行機の時間までいてくれ病室を出て行くとき、またすぐに会えるはずなのに寂しくてたまらなくなる。

私たちはキスをして、寂しさを埋めた。

真司さんが眠っている翔太に近づいて慈愛に満ちた瞳を向けている。

「お母さんのこと守ってくれよ」

挨拶をして彼は病室を出ていった。

月曜日の夕方、授乳の練習をし終えて、まったりとしているところに彼から電話がかかってきた。

「もしもし」

『体は辛くないか？　翔太は元気か？』

「大丈夫だよ！　翔太も元気に過ごしてるから」

『そっか。さっき役所に婚姻届を提出してきて、無事に受理された。今日からは正式な夫婦だ。これからも永遠によろしく』

たった一枚の書類上のことなのに永遠を誓う家族になったということがうれしくて喜びが溢れてきた。本当に夫婦になったなんて信じられない。やっとこの日が来たんだ。

「こちらこそどうぞよろしくお願いします」

『それと、会社の人間には、すずと結婚したことを伝えたから』

「みなさんどんな反応してた？」

真司さんの電撃結婚に社内は驚きに包まれたという。特に秘書課のみなさんは相手が私ということでかなり衝撃的だったらしい。

私が勝手に姿を消したのだが、真司さんが大きな噂になってはいけないということで提案したとの話にしてくれたそうだ。

『東京に戻ったら、子供を連れて遊びに来てほしいって』

「そっか。みなさんに会えるの楽しみ」

『あぁ、早くこっちで暮らせるといいな。それまで俺も頑張るから』

いつまでも話をしていたかったけれど、時間を取らせるわけにいかないので私はおとなしく電話を切った。

木曜日に私は息子と一緒に退院し、真司さんが用意してくれたマンションに移動した。

「ここ？　すごく立派なマンション」

母は私が自宅に戻るまで、店を休みにして一緒についてきてくれた。言われていた住所に行くと、立派な高層マンションがあり、驚いて見上げる。

「さすが、大企業の息子さんね」

「なんだか恐れ多いんだけど」

マンションのエントランスにはコンシェルジュが待機していて、笑顔で出迎えてくれる。

「上根様、お帰りなさいませ」

「よろしくお願いします」

挨拶をしてエレベーターに乗った。エレベーターはあっという間に上昇していく。

部屋に到着してカードキーをかざしてドアを開けると、広い玄関が目に飛び込んできた。

「これはまるでホテルね」

母がなぜかウキウキしながら積極的に中に入る。

ここはテレビのコマーシャルで見たことがある、札幌《さっぽろ》の中心部に位置する高級賃貸マンション。そこをわざわざ契約してくれたのだ。

大きな窓からは札幌の景色が一望でき、太陽の光が差し込んできて明るい。

広いリビングと寝室がある。2LDKだが百平米ほどあり、息子と二人で住むには広すぎる。

今までの家でも充分だと伝えていたのだが夫が心配して用意してくれたのだ。

「ここなら安心して暮らせるわね」

「うん、ありがたいよ」

家具もすべて揃えられていて母と感動してぼんやりしているとチャイムが鳴った。

インターホンに出るとコンシェルジュからだった。

『家政婦の方がお見えになりました』

「通してください」

一人で子育てをするので、はじめのうちは無理しないほうがいいと真司さんの提案で家政婦さんに手伝ってもらうことにした。誰かに頼るのは申し訳ないような感じがしたけれど、母もストレスを溜めない環境が必要だと言ってくれて使うことにした。

ふたたびチャイムが鳴り玄関を開けると感じのよさそうな五十代くらいの女性がやってきた。

母は様子を見届けてから飛行機の時間になり家を出た。

家政婦さんがその後料理や洗濯をしてくれて時間になり帰り、翔太と二人きりになる。

子育てにまだまだ慣れていない私は眠っている彼を見て、ちゃんと息をしているかなとか心配で気が休まらない。近づいて呼吸している胸の動きを見て安心した。

まだまだ新米の母親だが、息子と一緒に成長していきたい。

◆

退院してそろそろ一ヶ月になる。翔太はすくすく成長し、日に日に真司さんに似てきた。将来はかなりのイケメンになるのではないかと、私は親バカっぷりを発揮している。

はじめは慣れないことばかりで、子供はかわいいだけでは育てられないのだと実感する日々だ。

私も一緒になって泣きたいときもあったけど、赤ちゃんと過ごす生活にだんだんと慣れてきた。

真司さんは毎週のように金曜の夜遅くにやってきて、日曜日の最終便で東京に戻るという生活だ。忙しいだろうから無理をしないでと言っているのにわざわざ来てくれる。

夜になるとインターネットで画面を見ながら話をするのが日課になっていた。

翔太を寝かせ私は夕食を終え、少しゆっくりしているとき、自宅に戻ってきたとメッセージが届いたので、早速私はノートパソコンをつないだ。

「おかえりなさい」

『すず、ただいま』

画面越しだけど、こうしてつながれているだけでも私は幸せだ。もう一生会えない人だと思っていたから、夫婦になり同じ時間を共有できることに幸せを感じていた。

真司さんの仕事が終わって帰ってきてインターネットに接続したときには、翔太はほとんど眠っている。

『寝ちゃったか？』

「寝ちゃったよ。ほら」

パソコンのカメラで見せた。

『よく眠ってるな』

「うん、いい子にしていてくれたよ」

『かわいいな……』

翔太を起こしてしまわないように場所を移動した。

今週末には、真司さんのご両親も挨拶に来てくれる予定で、お義母さんとは初対面なので緊張だ。

「今週いよいよ真司さんのご両親にご挨拶するんだね」

『ああ、両親は楽しみにしていて仕方がないようだ。俺としてはやっと会わせることができて家族になれるような気がする』

画面越しの彼がやさしく笑う。

グラスに赤ワインを注いで晩酌を楽しみながら画面を覗《のぞ》いているようだ。

『そういえば、メールで送っておいた画像、見てくれたか？』

「うん！　どれも素敵で悩んじゃった」

一軒家を建てることになり、どんな雰囲気がいいかとか希望を伝えてくれと言われていたのだが、母といつも狭い家に住んでいたのでまったくイメージがわかない。何個か候補を送ってくれたのだ。

「庭が広いほうがいいかなと思って。翔太が大きくなったらキャッチボールをしたり、サッカーしたり、遊べるスペースがあったらいいかなーって」

『そうだな。俺はリビングに家族が集まってくつろげる空間を作りたいなと思ってる』

「いいね。翔太がリビングで勉強できるような」

『子供も増えるかもしれないから、部屋の間取りを手軽に変更できるようにしておくのもいいかもしれない』

さり気なく言われた言葉に私の顔が熱くなる。家族は多いほうがいい。

お互いに眠くなるまで他愛のない話をして、ノートパソコンをベッドまで持っていく。そのまま回線につないで眠るのだ。

夜中に翔太が泣いて起きてしまうので、仕事で疲れている真司さんを起こしては申し訳ないと思っているけれど、むしろそのままついないでいてほしいと言ってくれる。翔太が泣き出したときには、心配して声をかけてくれ、それだけで私は一人で子育てしているわけじゃないと心強かった。

「真司さん、おやすみなさい」

『あぁ、おやすみ』

いよいよ土曜日になり、本日、彼の両親と対面する。

義父は元会社の社長だったのでどんな人かわかるけれど、義母とははじめて会うので朝から緊張して落ち着かなかった。

着替えをして軽くメイクをして、翔太と待っていた。

夕方になりチャイムが鳴ったのでオートロックを開く。もうすでに結婚しているとはいえ順序が逆になってしまったので申し訳なさと、どんな挨拶をすればいいか不安になりながらドアの前にいた。

ふたたびチャイムが鳴りドアが開くとそこに立っていたのは愛する夫だ。笑顔を交わしてからその後ろに視線を動かす。

見慣れた顔の社長と夫にそっくりな美しい女性が笑顔を向けている。

「遠いところお越しくださりありがとうございます。結婚させていただきました丸川すずと申します」

体がガチガチになりながら挨拶をする。

「こちらこそ挨拶が遅れて本当に申し訳ありませんでした」

社長とどうしても言ってしまいそうになるが、義理の父になるのだ。義父が礼儀正しく頭を下げてくれた。

「まぁ堅苦しい挨拶もあれだから中に入ろう」

真司さんがその場を仕切ってもらい中に入ってもらった。

「これつまらないものですけれど」

義母が紙袋を手渡してくれ恐縮しながらも、私はありがたくいただくことにした。

「わざわざありがとうございます」

「これは翔太君に着させてあげたいと思ってお洋服を買ってきたんです」

「ありがとうございます。こちらへどうぞ」

早速ベビーベッドで横になっている孫の姿を見てもらおうと両親を案内した。

翔太は機嫌がいいようで、手足をパタパタと動かす。

唇をすぼませて「うーうー」何やら楽しそうにお話をしているようにも見えた。

「翔太のお祖父様《じいさま》とお祖母様《ばあ》よ」

「うー、うっ」

「まあ、かわいらしい赤ちゃんね。はじめまして、あなたのおばあちゃんよ」

「この子が私の孫か……」

二人は顔をくしゃくしゃにさせて翔太を見入っている。

会社では威厳のある社長という雰囲気だったのに、孫の前ではただただやさしい祖父になっている。

この子を妊娠してから様々な困難に立ち向かってきた。今この幸せな場面を見て出産して本当によかったと心から思える。

「抱いてもいいかしら？」

「ぜひ」

義母がそっと手を出して抱き上げた。彼女は若い頃は保母さんをしていたそうだ。保育園をいくつも経営している会社のお嬢さんだったらしい。赤ちゃんが大好きなのだとか。

「ミルクの匂いがするわね。子供はどんな子供もかわいいけれど、自分の孫だと思えば格別なのね」

本当にうれしそうにしてくれている姿を見てこちらが安心する。

「自分の子供がこんなにもかわいいなんて思いませんでしたよ」

真司さんが自慢気に話をしていた。親に対しても敬語で話している姿を見て、彼が厳しく育てられたのだと実感する。

しかし、真司さんがこんなに素晴らしい人に育ってくれたということは、二人が愛情深く育ててくれたおかげなのだろう。

「遠いところ来ていただきありがとうございます。北海道の美味しいものを用意いたしましたのでぜひ召し上がってください」

翔太をベビーベッドに戻し食事をすることになった。

北海道は何を食べても美味しい。刺身盛りやカニを購入して準備したのと、北海道産のジャガイモや玉ねぎを使った煮物を作り、他にも何品か料理を用意しておいた。

特に義母に食べてもらうのも緊張するが、これは結婚する者が乗り越えなければいけない試練なのだと思う。

食卓テーブルに腰をかけて、義父と義母にお酌をした。

「すずさん。改めてご挨拶が遅くなってしまい申し訳なかった。息子がなかなか結婚してくれないことに焦りを感じていて、もしかしたら強引にでも結婚させなければいけないかもしれないと思っていたんだが、こんなに素敵な人に出会えてよかった」

義父が柔らかい表情を浮かべてそんなうれしいことを言ってくれる。

政略結婚をメインに考えていたわけではなく、息子の将来を心配しての行動だったのだと今になってわかる。

「こちらこそご挨拶が遅くなってしまい申し訳ありません」

「辛い思いをさせてごめんなさいね。真司がしっかりとコミュニケーションを取っていればこんなことにならなかったかもしれないのに」

義母の発言に真司さんは困ったような表情を浮かべる。

「まあこうしてみんなで会うことができたんです。せっかく料理を作ってくれたから食べましょう」

真司さんがそう言って食事がはじまった。まず義母が私の手料理である煮物に箸をつけた。咀嚼しているところ緊張しながら見つめる。何度も頷いてからこちらを見て微笑んでくれた。

「すごく美味しいわ。お料理が上手な奥さんでよかったわね」

「ええ。仕事を終えて家に戻るのが楽しみになります」

真司さんが笑顔を浮かべながら答えた。

喜んでくれた姿を目の当たりにし、作った甲斐《かい》があったと胸を撫で下ろす。

はじめは緊張していたけれど二人とも気を使ってくれ、すぐに場の空気が和んでいく。

愛する人を産み、育ててくれたご両親だと思えば、私もあっという間に心を開くことができた。

食事が終わってからも団欒《だんらん》とした時間が続く。真司さんの子供の頃の話を聞かせてくれ、胸が温かくなった。そしてご両親が真司さんを本当に大事に育てたのだというのが伝わってきて、そんな彼を私も大切にしていこうと改めて思う。

こうして他人同士が家族になっていくのだなと実感したのだった。

「結婚式はどうするつもりなの？」

義母に質問されて私は真司さんの横顔を見る。そういえば新居の話ばかりしていて、結婚式の話はしていなかった。彼はどのように考えているのだろうか。

「はじめの頃は子育てで忙しいと思うので、翔太が一歳過ぎたらやりたいなと思っています」

「一歳過ぎてからだと遅すぎないか？　すずさんを我が家の嫁としてお披露目《ひろめ》させて

もらわないといけない。大変だと思うが、なるべく早く段取りを取ったほうがいい」

「了解しました」

まるで仕事の指示のように義父が言った。事務的な雰囲気をフォローするように義母が笑顔を浮かべて口を開く。

「すずさん、ウエディングドレスがとても似合いそうね」

「ありがとうございます」

ニコニコとして答えたけれど、友達を呼んで幸せを誓い合う場所ではないなと感じた。

ドレスを着て友人を招いて明るく楽しい結婚式に憧れはあったけれど、今の話を聞いて気持ちが萎えてしまう。しかし上根家に嫁いだのだから、彼の妻だと認識してもらえるように、そのような場は作らなければならない。

「でもまずは東京に戻ってくることが先決ね。翔太君の面倒はいつでも見るから、遠慮しないで声をかけてちょうだいね」

「お義母さん、ありがとうございます。そう言っていただけると心強いです」

素直にありがたくお礼をした。

「じゃあ、そろそろおいとまさせてもらうよ」

義父が立ち上がった。

義両親は近くのホテルに宿泊するらしく、せっかくだから二泊三日の北海道観光を楽しんでから東京へ戻るとのこと。

社長という立場で忙しいのに奥様を喜ばせようとする姿が素敵だなと思った。

両親を丁重に見送り、やっとホッとした。

厳しいことを言われるかもしれないとか、かなり気を張っていたけれど、やさしいご両親に心から安堵した。上根家の家族の一員として迎え入れてくれたことに感謝した。

食器を洗うためにキッチンへ移動すると真司さんがついてくる。

「ゆっくりしていて?」

「すずのほうがゆっくりしていてくれ。いつも一人で子育てを頑張ってくれているんだから」

「家政婦さんにも入ってもらってるし、私は全然平気だよ」

にっこりと微笑むと頭を撫でられ胸の中に閉じ込められた。毎日画面越しで会話をしているのに、こうして体温に触れるとやはり違う感動がある。

「早く一緒に住みたいな」

「うん。あともう少しだけ頑張ろう？　今日、真司さんのご両親と会うことができてやっと家族になったって実感が持てたの」

「そうだな。やっと本物の家族になれたような気がした。親とすずが話している姿を見て泣きそうになった」

私は広い胸の中で何度も頷く。

「結婚式は二回やろう」

「え？」

「一回目は妻としてお披露目するような結婚式。二回目は友人を呼んで楽しく祝ってもらう結婚式だ。そうだな。リゾート地でやるのもいいかもしれない」

まるで私の気持ちをわかっていたかのような発言で、驚いて言葉にならなかった。

「ああいう言い方をしていたけれど、俺が結婚してかわいらしい奥さんをもらって孫までできたことを喜んでいるんだ」

「それはすごく伝わってきた」

「ただ、立場上、やらなければいけないこともある。それが冷たいと感じるときもあるかもしれないが、そういうものだと割り切ってほしい」

「大丈夫だよ。結婚した時点で覚悟してたから」

座席にすわりしばらくすると滑走路を加速する。

宙に浮かび窓から外を見つめているとだんだんと地上が離れていき、一面が緑色になった。

真司さんが持っている東京に戻れるのだ。北海道にきたときは、もしかしたらこのまま永遠にここで暮らすのかもしれないと思っていたけれど、まさかこんな未来が待っているなんて想像もしていなかった。

来年には新築の一軒家が建つ予定だ。それまでは真司さんのマンションで暮らす。新しい環境での生活と、結婚式の準備で忙しくなると思うけれど、何よりも家族が一緒に暮らせるということが嬉《うれ》しくてたまらない。

ちゃんと飛行機に乗れるか心配していたけれど、翔太はいい子にしてくれていて泣くこともなく無事に東京に来ることができた。

空港に降り立つと東京特有の湿った空気が身を包む。あぁ東京に来たのだなぁと感じながら息子を抱きしめた。

河野さんが空港までわざわざ出迎えてくれるらしい。

どこにいるのかなと思って探していると河野さんらしき背中を見つける。彼はこちらに視線を向け会釈した。

退職してからはじめて顔合わせる。元々は私の会社の先輩である。仕事もたくさん教えてもらったので、姿を見るだけで背筋がぴんと張り詰めるような感じがした。

一直線にこちらに向かってくる河野さんに私は頭を下げた。

「お久しぶりです、奥様」

「河野さん、奥様なんてやめてください……。昔のまま、丸川さんって呼んでもらっても大丈夫ですから」

おどおどしながら答えると彼は肩を震わせて笑う。

「副社長の奥様なんですよ。そんな失礼な対応ができるわけないじゃないですか」

そう言って河野さんは翔太に目を向けた。

「はじめまして。河野と申します」

翔太ははじめて会う人にきょとんとした表情を浮かべている。

「副社長にそっくりでとても整ったお顔をされていますね」

「ありがとうございます」

いつもクールな表情をしている河野さんが微《かす》かに笑みを浮かべた。

「では参りましょう」

荷物を持って駐車場まで先導してくれる。

「わざわざ来ていただきありがとうございます」

「いえ、副社長のスケジュールを調整してなんとか空港に来られるようにしたかったのですが……」

話しながら歩いていると到着し車に乗り込んだ。発車し翔太はすぐに眠った。はじめての飛行機に疲れたのかもしれない。

「まさかお二人がお付き合いされていたなんて、本当に驚きました」

「公《おおやけ》にできなかったもので……」

「丸川さんが姿を消したとき、社長はものすごく動揺されていたんですよ。見ていられませんでした」

そんなに辛い思いをさせていたなんて知らずに、申し訳ない気持ちでいっぱいになる。

「これは秘書としてじゃなく友人として一言言わせてください。あいつは、すずさんのことを本当に愛しています。だから絶対に幸せにしてやってほしいです」

運転しながら河野さんの熱い思いを聞かされ私は泣きそうになった。

「はい、絶対に約束します」

「安心しました」

「これからも夫のことを公私共に支えてあげてください」

「もちろんです。お任せください」

真司さんは友人であり素敵な秘書に支えられているのだなと改めて思った。

そうこうしているうちにマンションに到着し、荷物を持って部屋の前まで一緒に来てくれた。

「本当にありがとうございました。今度ゆっくり食事でも家に来てください」

「楽しみにしております。では」

河野さんを見送り、私と息子は部屋の中に入った。

付き合っていた頃は何度も遊びに来ていた懐かしい空間だ。以前と違っていたところは息子のベビーベッドが置かれていること。子供がここに来ることが楽しみで仕方がなかったのか、おもちゃやベビーグッズがたくさんあった。

テーブルには初めてのパパ向けの雑誌があり、付箋が張られている。いい父親になろうと努力してくれているのが伝わって胸がジーンとした。

翔太をベビーベッドに寝かせて一息つき、私は母に連絡を入れた。

「お母さん、無事に東京に着いたよ」

『翔太は飛行機大丈夫だった？』

「うん、すごくいい子にしてくれて大丈夫だったよ」

今週末には両家の家族が一堂に会して挨拶をする。その次の週には私の父に会うことになっていた。

新しい生活に慣れるまでに少し時間がかかるかもしれないが、早く会って挨拶しておきたい気持ちもあったので、予定を組んでおいた。

父に対面するのを母も知っているが、実際はどう思っているのだろう。

『会える日を楽しみにしているわね』

「うん……、お母さんは私がお父さんに会うこと嫌じゃない？」

『そうね。すずが会いたいと思うなら反対はしない。彼は間違いなくあなたの父親だから』

母の気持ちを聞いて私は言葉に詰まった。

「ありがとう。また連絡するね」

電話を切って、少しだけぼんやりとした。

本当は父に会わないでほしいと思っているのではないか？　それでも私の意思を尊重してくれた母に感謝をしかない。

荷物を片付けようと腰を上げる。

必要最低限の物しか持って来ていないのですぐに片付けは終わった。

まだ真司さんは帰ってきていないけれど、彼の住んでいる空間に足を踏み入れることができて安堵しているようで、睡魔に襲われる。しかし、夕食の準備をしようと立ち上がり、キッチンへ行く。

冷蔵庫にはほとんど材料が入っていないので、簡単なものしか用意できなかったけれど、仕事で疲れて帰ってきた彼に少しでも癒《いや》されてほしい。そんな願いを込めながら料理をしていた。

料理が完成した頃『もうすぐ家に到着する』とメッセージが入った。

翔太のオムツを替えてミルクを飲ませ愛する人の帰宅を待つ。こんなに幸せなことがあってもいいのだろうか。

私は時折、沙弥さんのことが無性に気になる。

誰かの悲しみの上に自らの幸福を築いてはいけないと祖母に教えられたことがあり、彼女は私のせいで傷ついているのではないかと考える。

血を分けた妹なのだ。ものすごく仲よくなることは不可能かもしれないけれど、困ったときには姉として頼ってほしいという気持ちもある。

そうは言っても彼女の立場からすれば好きな人を奪われた憎しみもあるだろう。

簡単にはいかないとわかっているけれど、いつか姉妹として接したい。子供を産んで家族の大切さをより深く知ったから、余計にそう思うのだろう。

食器を並べていると玄関の扉が開き私は立ち上がって迎えにいった。

「すず、ただいま」

「おかえりなさい」

私の姿を見つけると彼は今までに見た中で最高の笑みを見せてくれ、両手を広げ抱きしめてきた。

リビングルームに入ってきた真司さんは、食卓テーブルに並べてある料理を見て笑顔を浮かべた。

「食事が用意してあるってなんだか温かいな」

「ある材料で作ったから大したものはできなかったけど」

「ありがとう、すずの手料理を食べることができて感動だ」

上着を脱いでネクタイを緩めてから、翔太のところに行くとぐっすり眠っていた。かわいくてたまらないのか、ぷにぷにの頬を人差し指でそっと触っている。

とろけてしまいそうなほど柔らかい顔をした、そんな夫の顔を見るとこちらまで幸せな気持ちになってくる。

「かわいいな……。俺らの宝だ」

「うん。大切に育てていこうね」

「あぁ」

至近距離で見つめ合い私たちは小鳥のようなキスをした。久しぶりに甘い雰囲気になったので恥ずかしくて頬が熱くなる。

「ご飯にする？　お風呂にする？」

「じゃあ先に食事にしようかな」

「お味噌汁《みそしる》温めておくから、着替えてきて」

「わかった」

日常的なことなのに幸せでたまらない。辛い日々を乗り越えたからこそ、当たり前のことに感謝ができるのだろう。

普通の夫婦であれば日常なのに、私たちはここまで来るのにかなり時間がかかった。でも今日からはずっと一緒に暮らすことができる。

着替えを終えた彼が戻ってきてテーブルにつく。

向かい合って「いただきます」と手を合わせて食事をする。

「すずの食事はやっぱり美味しい。俺は本当に素敵な奥さんと結婚したんだな」

噛《か》み締《し》めるように言っている姿を見て笑みがこぼれる。

「仕事が遅くて一緒に食事をすることができないこともあるかもしれない」

「でもなるべく一緒に食べたいから待ってる」

「ありがとう。無理をしないでくれよ」

「うん。河野さんに結婚相手が私だったから驚いたって言われちゃって」

「そうだろうな。俺は会社の人間に手を出すようなタイプじゃないから。元々は会社の外で出会ったんだけどな」

あのときの出会いがまさか運命だったなんて知る由もなかった。

「きっと出会うべくして出会ったんだろうな」

「そうだね」

ゆっくりと会話しながら食事をして、お互いに入浴を済ませた。

家族三人で同じ部屋で眠れるのが幸せだ。

「じゃあ、そろそろ寝ようか」

「うん、そうだね」

翔太は私たちのベッドの近くに置いて、気持ちよさそうに眠っているのを確認してから横になった。

「すず、ありがとな」

「それはこっちのセリフだよ」

長い腕で抱きしめられる。結婚したのに恋人のように心臓がドキドキとする。

その一方で強い家族の絆《きずな》で結ばれている気がして安堵が広がってきて体の力が抜けていた。添い寝しながら私たちは会えなかった時間を埋めるように会話を重ねていく。

夫婦の時間を大切にして過ごしていきたいって思った。これからは私たちの本当の生活のスタートだと感じながら眠りについた。

◆

先週末は母と一緒に夫の実家に集まって顔合わせをした。

生きる世界がまったく違う両家なので重苦しい空気にならないか心配だったが、意外にも母親同士の会話が盛り上がり意気投合しているようだった。これからも定期的に会ってお茶をしようという話までしたそうだ。

滞りなく挨拶が終わりホッとしたのもつかの間。

今日はいよいよ私の父に対面する。一度パーティーで会っているが、どんな会話をすればいいのか緊張する。

子供もいるので人目を気にせず話せる場所がいい。

家に来てもらおうかとも考えたが、まだ私に抵抗感があったので真司さんがホテルの個室を用意してくれたのだ。

父は私のことを心配してくれて孫にも会いたいと話しているそうだ。

さらには母の援助もしてくれるという話も聞いたけれど、やはり父として会うには勇気が必要だった。

車で向かい到着したホテルは、名の知れた有名な場所だった。ベビーカーに翔太を乗せて連れていく。

エレベーターに乗り最上階を目指す間も、真司さんが背中を擦って励ましてくれた。扉が開くとスタッフが出迎えてくれ、個室へと案内される。

私たちが先に到着し中渡社長の到着を待ちながら景色を眺めていた。ビルが密集して立ち並んでおり、東京に戻ってきたのだとさらに実感する。

ドキドキと鼓動が鳴り息を細く吐く。

次の瞬間、ノックされ扉が開いた。中に入ってきた中渡社長が私の目の前までやってきて、今にも泣きそうな瞳を向けてくる。

「すずさん、中渡です。あなたの父です。本当に申し訳なかった」

膝に手をおいて、頭を深く下げる。何十秒もそのままの体勢だった。

「そんな、謝らないでください。お会いできることを楽しみにしておりました」

私の言葉を聞いて、彼はおそるおそる頭を上げた。そしてベビーカーにいる翔太を見て、目を潤ませた。

「この子が……」

「翔太です。中渡社長の孫です」

真司さんが柔らかい声音で言った。

「……はぁっ、なんとかわいらしいのだ」

翔太は意味がわかっていないようできょとんとしている。

「まずは座りましょう」

真司さんが提案しテーブルを挟んで向かい合って座ることになった。

タイミングよくウエイターが入室し食前酒と前菜が運ばれてくる。真司さんはあらかじめランチコースの予約をしてくれていたそうだ。

私の目の前には百パーセントのオレンジジュースが用意された。

ウエイターが退出するが中渡社長は食事に手をつけようとせず、苦悶《くもん》の表情を浮かべている。

「苦労させてきて本当に申し訳なかった。すずさんのお母さんを一日も忘れたことはない。しかし、あの頃の自分はまだ若くてすべての力を使って探し出すことができなかった。結局は家のために結婚したんだ」

私が生まれてきて一人で頑張っていた母親の様子を知り、いたたまれない気持ちに包まれたそうだ。

そして奥様の許可を得て、おにぎり屋の資金面をバックアップしてくれるという話になったと説明された。

「金銭的なことで解決できるとは思っていない。ただせめてもの償いとして商売が厳しいと聞いたので助けさせてもらうことにした」

「そうだったんですね。だいたいのことはうかがっていました」

答えてから、私も隠さずに自分の気持ちを素直に伝えることが彼にとって一番いいと思った。

「幼い頃は父親がいなくて寂しい思いもしましたし、どうしてお父さんは私とお母さんを捨てたのだろうって憎んだこともありました。でも、人生っていろいろありますよね。こうして関わるはずのない父と出会えたことに私は感謝しています。これからも孫の成長を見てもらいたいです」

「ありがとう……すず、立派に育ってくれて、本当にありがたい」

父が肩を震わせて涙ぐんでいる。

自分も親になって親の気持ちが想像しやすくなった。

どうあがいても私は彼と血がつながっているのだ。母も父に会うことには反対しなかったし、仲よく過ごしていけるのが一番だと思う。

「さぁ、せっかくの料理なので楽しんで食事をしましょう」

「あぁ、そうだね」

真司さんが場の空気を変えるように言ってくれ、中渡社長はやっと笑顔を浮かべて頷いた。

その後、リラックスしたムードで翔太を膝に乗せてかわいがってくれた。

幸せであればあるほど、私の胸に引っかかってくることがある。それは、沙弥さんのことだ。

自分だけ幸せになるのはどうしても許せなかった。

厳しい言葉を言われるかもしれないがやはり一度会って話をしたい。私は視線を向ける。

「お父さん。沙弥さんと会わせてもらうことは可能でしょうか？」

質問すると父は眉間にシワを寄せた。

「実は沙弥とはしばらく会話をしていないんだ。相当怒らせてしまって……」

「そうだったんですね」

どうしても彼女の幸せの上に自分の幸せを作ってしまったような気がしていた。

真司さんははじめから沙弥さんと結婚するつもりがなかったとは言っていたが、血がつながっている妹のことが気になって仕方がない。

「デザイナーとして成功したいと頑張っているんだ。とある作品コンクールで先日は優秀賞を取った。それを海外の有名なデザイナーに目をつけてもらってコラボ商品を作ろうという話にまでなっていてね……。彼女は彼女なりに頑張っているんだ」

「そうでしたか」

「すず、沙弥さんはデザイナーとして一流になれる女性だと思う。今は陰ながら応援してあげることが一番なんじゃないか？」

真司さんに諭されて私は頷いた。

会いたいと思っているのは私だけで彼女は憎んでいるだろう。刺激をして悲しませてしまうのは本位ではない。

彼女が今デザイナーとして頑張りたいという気持ちがあるのなら、それを陰ながら応援してあげるのもやさしさなのではないかと思った。

父とはまた会う約束をして、その日はお開きになった。

ホテルから帰る途中、私の心は温かくなっている。運転する真司さんに心からお礼をしたくなった。

「父に引き合わせてくれて本当にありがとう。彼の気持ちもわかったし、これからは家族として付き合うことができそう」

「よかった。力を合わせてますます幸せになっていこうな？　何でも遠慮しないで言ってくれ」

「うん。真司さん、大好きだよ」

ストレートに気持ちを伝える。

彼は恥ずかしかったのか、耳を真っ赤に染めて、クスクスと笑っていた。

◆

こちらに引っ越ししてきて一ヶ月が過ぎた。

朝、彼を見送ると、洗濯や掃除を済ませベビーカーに子供を乗せて散歩に行くのが日課だ。

公園でおにぎりを食べたりサンドイッチを食べたり。近所に住んでいる同じぐらいの年齢の子供を持つママ友もできた。

楽しくおしゃべりをして夕食の材料をスーパーで買って自宅に戻る。すっかり私は主婦のような生活をしている。

このまま安定した幸せな日々が続いてほしい。

買い出しを終えてエコバッグをぶら下げながら、ベビーカーを押してゆっくり歩く。

「すみません」

見知らぬ男性に声をかけられて私は立ち止まった。

「上根すずさん……ですよね？」

なんで名前を知っているのだろう。こんな人、私は知らない。

「どちら様でしょうか？」

目を細めると彼は薄ら笑いを浮かべた。

「中渡織維の社長さんの隠し子だと耳にしまして。詳しく話を聞かせてもらえませんかね？」

プライベートなことに突然土足で踏み込まれて気持ち悪いと思った。しかもスマホを向けてきて写真を撮ろうとしたので、私は息子を守るために全力疾走でその場から逃げ切った。

マンションに戻ってきて部屋の中に入り呼吸を整える。

いったいあれは何だったのだろう……。

心臓がドキドキして嫌な気持ちになる。

「えーんっ」

私の微妙な心理状態に気がついたのか、翔太が泣き出したので慌てて抱き上げた。

「ごめんね、心配しちゃったよね」

背中をやさしくリズムを刻みながら叩き息子を落ち着かせる。

何が起きているのだろうか。

真司さんに言うべきか。

しかし心労をかけてはいけない。あまり気にしないようにして過ごそう。

次の日、翔太と乳児検診に向かうため準備をしていた。栄養状態や身体的に問題がないか診てもらうのだ。

昨日のことがあったので若干警戒しながら外に出る。

――カシャ。

スマホで写真を撮られたような音がした。

振り返ると一人の男性が走って逃げていくのが見える。私たちを撮っていたのかは定かではないが、もしマンションまで知られていたら。

真司さんに心配をかけたくないので黙っておこうとも思ったけれど、大きな問題になっても困る。

「……やっぱり今日帰ってきたら伝えようかな」

検診が終わり普段なら軽くランチをして帰ってくるところ、そんな気分にもなれず真っ直ぐに自宅に戻ってきた。

気のせいかもしれないが歩いているときも誰かにつけられているような感じがした。

夕食の準備をしながらも、今日あった出来事を思い出し鳥肌が立っていた。

いったい声をかけてきた人は誰だったのだろうか。

そんなことを考えていると料理をするのに時間がかかってしまい、未完成だった。

「すず……すず？」

誰かが私の名前を呼ぶ気がしてハッとして振り返ると、真司さんが心配そうな表情を浮かべて立っていた。

いつもなら帰ってくる音に気がつくのに、いろいろ考えすぎて気がつかなかったようだ。

「あ、おかえりなさい」

「ただいま。どうしたんだ。すず、何か変なことはなかったか？」

帰宅するなり彼は心配そうな瞳を向けてきた。

「……ちょっとね」

「どうしてすぐに言ってくれないんだ？」

「心配かけたくなかったから」

小さな声でつぶやく。

彼は若干イラついたように髪をかきあげて大きなため息をついた。

「俺たちは夫婦なんだ。なんでも言ってくれって言っただろ？」

「ごめんなさい……」

料理がまだ終わっていないのに、彼は心配そうな目を向けてくるので一度手を止めた。

リビングルームに移動し、私たちはソファに腰を掛けて話をすることにした。

「実は、河野が妙な書き込みを見つけたんだ」

そう言ってスマホの画面を見せてくれる。それは沙弥さんのデザイナーとしてのSNSだった。

『私の父に隠し子がいたことが発覚！　ショックが大きすぎる』

そんな投稿だった。

中渡繊維と言えば、ファストファッションでここ数年売り上げを伸ばしてかなり有名になっている。しかも、彼女はデザイナーとして注目されはじめているので、気軽な発言も大問題となってしまう。それを本人が意識して投稿したのかどうかは不明だが。

「会社にも何件か不審な問い合わせがあって。もしかしたら、すずにも変なことが起きていないか、心配してたんだ」

「そうだったんだね。ちゃんと言わなくてごめん。実は知らない男性に声をかけられたり、写真を撮られたりしたの」

「なんだって？」

真司さんは驚いて顔色を変えた。

「何かあったら危ない。外出は必要最低限にするべきだな」

「そうね。翔太にも何かあったら困るものね」

私は深く落ち込む。結婚相手が私だったことで、真司さんの会社にまで迷惑をかけてしまったのだ。そんな私の様子に気がついた夫は、長い腕でやさしく抱きしめてくれた。

「すず、自分を責めないこと。いいね？」

「でも……」

「悪気があって投稿したわけじゃないかもしれないし。しばらく様子を見てみよう」

「うん、わかった」

それから、必要最低限の外出にして過ごすこと二週間。

執拗《しつよう》に知らない人に追いかけられることもなく日常生活を送っている。

そんなある日、ランチを終えてから情報番組を観《み》ていると、沙弥さんが急にテレビに出てきた。

世界的にも有名なブランドから、デザイナーとしてオファーがあったらしく、日本人では初快挙なのだとか。本当にすごい。姉として彼女と関わることができていたらお祝いをしたかった。

でも、それは許されない。切ない気持ちに支配されるが、私は微笑んだ。

ところがその夜。彼女がまた問題発言をした。

私は彼女のことがとても気になっていてSNSをたまに読ませてもらっている。

『腹違いの姉は私の婚約者を奪った。父も彼女も信じられない。私はその悔しさをエネルギーに創作活動に励んでいる』

沙弥さんの投稿に対して、たくさんの応援メッセージが書き込まれていて、私は気になってついコメントにも目を通してしまう。
・苦しみをエネルギーに変えているのですね。素晴らしいと思います！
・大事な人を奪われた悲しみとてもわかります。これからも素敵な作品を生み出してください。
・腹違いのお姉さん酷《ひど》いですね。人が悲しむようなことをすれば本人が必ず悲しむ結果になると思います。沙弥先生の活躍をこれからも応援していきます。
など、たくさんの応援コメントが書かれていた。

「何これ……」

見ず知らずの人に『腹違いのお姉さんはひどい』と書かれて、たまたま目にしてしまった私はかなり傷ついている。

体から力が抜けていくような感覚に陥っていく。

そんなとき、突然知らない番号からスマホに着信がなる。おそるおそる通話ボタンを押してみる。

「はい」

『少しお話を伺いたいんですが……中渡繊維の件で……』

私は恐ろしくなって通話を終了させた。心臓がバフバフと鼓動を打ち息苦しくなる。

今まで以上に沙弥さんは注目されているので、報道が加速する可能性が高い。

軽い気持ちで発言したのかもしれないけれど、発言力がある立場になったということを沙弥さんに知ってほしいと思った。

でもそれを伝えることはできない。私は黙って嫌な思いをしているしかないのだろうか。

もし彼女が故意にやっているのだとすれば、私はどういうふうに受け止めていけばいいのかわからない。

その夜、真司さんに今日あった出来事を報告すると彼は渋い表情を浮かべた。

「河野もその書き込みを見つけて知らせてくれた。これ以上行動が加速しなければいいが、今は少し様子を見よう」

「そうだね」

気持ちが重くなっていく私に彼が笑顔を向けてくれる。

「何も心配することはない。すべてうまくいくさ」

「どうしてそんなこと、わかるの？」

「いいことを頭に浮かべたほうが環境も変わりやすいって聞くだろ？　それってその通りだと思うんだ。いいことに向かって意識もするし努力もする。逆に悪いことばかり考えていると悪いことが起きるような道に進んでしまうんだ」

彼はこうして今まで数々の困難を乗り越えてきたのだ。御曹司だとはいえ会社の副社長として生きていく道は生半可なものではなかったに違いない。

真司さんの妻として支えていこうと決めたのだから、私も落ち込んではいられない。

私は夫の手を握った。彼は驚いたようにこちらを見ている。

「必ず、乗り越えていこうね」

「ああ、そうしよう」

こうして夫婦は力を合わせて今を過ごす。

沙弥さんのおかげで夫婦の絆が強くなっていくような気がして、私はひっそりと感謝をしているのだった。

それからも外に出るたびに誰かに追いかけられ、家の電話にまで知らない人から連絡がくることがあった。

夫の会社にも嫌がらせの手紙が届いたり、メールが来たりして対応に困っているという。

仕事から帰ってきた夫はイライラしたような表情は珍しく見せた。

「これだと生活や会社の人たちの日常が奪われてしまう。沙弥さんに会って、もう一度話をしようかと思っている」

この状況を止めてほしい気持ちは山々だが、私は素直に頷けなかった。

「あのね……。私が沙弥さんに直接会って話をしたいの」

「そうは言っても、そんなことしたらまた炎上するだけじゃないか？　SNSにあることないこと書かれる。傷つくのは目に見えるだろう？」

心配そうな表情を浮かべられるが、どうしても納得がいかない。たとえ、酷いことをされていても私にとってはたった一人の妹なのだ。

彼女が私のことをどう思っていても関係ない。沙弥さんには家族として心から幸せになってほしいと願っている。

「悲しい思いをしているのは事実だと思う。そして私だけ幸せになるのは本当に申し訳なくて……。どうしても血がつながっている妹だと思えて放っておけない」

真司さんは、私の言葉に驚いているようだった。

「どうにかして会わせてもらえないか、父にも聞いてみようかな」

「すずはお人好《ひとよ》しだ。やさしすぎるところがある。でもそこに俺は惚れたんだ」

長い腕で抱きしめられると勇気が湧いてくる。

どうにかして妹と会うチャンスを作ってもらい、私はしっかりと話をしたいと思った。

「父に電話をしてもいい？」

「すずがそこまで言うなら、俺に止める権利はない」

「ありがとう」

理解してくれた夫にお礼を告げて、早速私は父に電話をかけた。三コールで出てくれる。

「お父さん、今、話をしてもいいでしょうか？」

『あぁ、構わないよ。沙弥の発言のせいでいろいろ苦労をかけていると聞いた。本当に申し訳ない。自分からもきつく言っておくから』

「いえ、決して叱らないでください」

『なんだって？』

私の発言に驚いているようで父は言葉を詰まらせている。

「辛い思いをしているのは沙弥さんです。どうか一度会う機会をいただけないでしょうか？」

『今は大変かもしれないが、このままそっとしておいたほうがいいと思う』

父も夫と同じようなことを言ったけれど私は必死で説得をする。

「普通はそのような考えになると思いますけど、どうしても血のつながった妹だと思って無下にできないんです」

これは本心だった。どうか気持ちが伝わってほしいと必死でお願いをする。しばらく電話越しで父は無言だったが口を開いた。

『そこまで真剣に言ってくれると思わなかった。なんとか二人が会えるように頑張ってみるから少し時間がほしい』

「よろしくお願いします」

電話を切ると私は小さなため息をつき、こめかみを押さえた。

真司さんが近づいてきて背中を撫でてくれたので、思いつめていた気持ちが少し楽になって私は力なく笑顔を作った。

「翔太も心配するから、俺たちはなるべく笑顔でいよう」

「そうね」

「そうだ。今週末にハーフバースデーをしないか？　少し遅くなってしまったけれど。すずのお母さんやうちの両親も呼んで楽しくパーティーをしよう」

「それはいいアイディアね」

暗いことばかり考えていたの体によくない。

夫の提案の通り楽しい思い出を作ることにしようと思い私は同意した。

母や夫の両親に連絡を入れると、ハーフバースデーパーティーに喜んで参加してくれるということになった。

こういうとき父にも声をかけたほうがいいのかなと思うけれど、母は会いたくないだろうなと思い遠慮することにした。

◆

翔太はすくすくと成長しハイハイしている。小さな歯も生えてきて赤ちゃんの成長は本当に早いと思う。

離乳食も試行錯誤しながらだけど頑張って作っていて、もりもりと食べてくれているので、うれしい。大きく立派な子供に育ってほしいと思っていた。

「さてと」

明日に迫ったハーフバースデーパーティー用の飾りを作りはじめた。あらかじめインターネットで注文しておいたキットを組み立てる。

バルーンを膨らませてテープでかわいらしくアレンジしていくのだ。男の子なので青や緑を基調にしたデザインのものを買っておいた。

ある程度完成した後、翔太の食事は何を作ればいいのかとスマホで調べはじめた。

離乳食ケーキというのがあることがわかり、レシピを調べる。

じゃがいもや人参《にんじん》かぼちゃなど、生後六ヶ月の赤ちゃんでも食べられるような材料を使ってケーキを作る。

ケーキといってもかわいく盛り付けた離乳食だ。レシピを探しているとたくさんあって面白い。

楽しいことを考えていると、気持ちも楽になってくる。

翔太は、私がコツコツとお飾りを作っている隣で寝転んで遊んでいる。近くにいるだけでも愛らしくて、胸が温かくなりそばに寄って話しかけた。

「翔太、遊んでいていい子ね」

「うー、うー！」

私が話しかけるとうれしそうににっこりと笑う。

ニコニコとしている顔を見たらかわいくて何枚も写真を撮ってしまう。

「本当にかわいいんだから」

添い寝して抱きしめる。ミルクの匂いがする。

愛する人の子供を産んで育てている私は、誰よりも幸せなのかもしれない。だから少しぐらい試練がなければ人間としての成長がないのではないか。沙弥さんのことはそう捉えるようにしている。

世の中が全員敵なわけではない。報道を見て心配し連絡をくれる友人もいる。

しかし、妹とわかり合えたら……と、願うばかりだった。

そしてハーフバースデー当日、母からは肌着を夫の両親からはおもちゃをプレゼントしてもらった。

翔太は明るい雰囲気に楽しそうに笑顔を振りまいていて、子供のために楽しい思い出を作れた一日になったと思う。

これからも子供のために楽しい時間をたくさん作っていこうと決意した。

◆

ハーフバースデーから数日後、これから夕食の支度をしようかと思っていたところメッセージが届く。

『タクシーで会社まで来られるか？　職場のみんなもすずと翔太に会いたがってる。父も今日は予定が空いているようで翔太のことを面倒見ていてくれるって言うから、久しぶりに二人きりでデートをしよう』

落ち着いたら子供を見せに来てほしいと言われていてその約束を果たせていなかった。

職場のみなさんにも迷惑をかけているので、子供を見せがてらお詫びをしようと思った。

歩きながら河野さんは心配そうに話しかけてくれる。

「ご心配かけて申し訳ありません。大丈夫でした」

「いえ。自分の発言力を利用して他人を混乱させる。迷惑な行為ですね。あの人と結婚されなくてよかったです」

彼にしては珍しくトゲのある言い方だった。どこまで事情をしているのだろうか。

「すみません。奥様にとっては血のつながった妹さんですよね。悪く言ってしまって申し訳なかったです」

「いえ……。どこかで会うチャンスがあればと思っているんですが、なかなか」

「こんなに嫌なことをされても妹さんのことを大切に思うのですね。副社長はそういうところに惹《ひ》かれたのでしょう」

微笑を浮かべて言われたので、私は謙遜しながら顔を横に振った。

すぐに副社長室に到着し、ノックをしてから入室をする。

久しぶりに中に入り、働いていた頃を思い出し懐かしくなる。お茶汲みをしにたまに来ることがあり、真司さんに抱きしめられた。仕事中なのにと思いつつも愛されていると実感してうれしかった。

「河野、今日は俺もこれで仕事終わらせるから、帰ってもいいぞ」

「かしこまりました。では奥様、またお目にかかれる日を楽しみにしております。失礼いたします」

礼儀正しく頭を下げてから彼は副社長室を退出した。

扉が閉まると真司さんが近づいてきてしゃがんだ。ベビーカーの中にいる息子に笑みを向ける。

「暑かっただろう？」

「うー！」

「おじいちゃんが遊んでくれると言うから、いい子にしてるんだぞ」

「あー、う！」

まるで意味がわかっているように翔太が返事をする。父親と息子のやり取りを見ていると心が温かくなる。

立ち上がった彼が私に視線を向けてきた。

「お、おめかししてきたな？」

「だってデートだって言うから」

恥ずかしくなって目をそらす私の頬に手を添えて、視線を合わせられた。毎日会っているのに間近で見つめ合うと心臓がドキドキする。

そのままキスしそうになったとき、ドアがノックされ慌てて離れた。

返事をすると入室したのは社長だった。

「すずさん、よく来たね」

「はい、みなさんにもご挨拶がすることができてよかったです」

「あぁ、そうだね。今日は二人でゆっくりしてきなさい。翔太とお留守番しているから。ねー、翔太」

威厳のある社長との仮面はすでに剥《は》がれ、ただのやさしいおじいちゃんになっていた。少し遅れて社長秘書が入ってくる。

「翔太様をご一緒に送り届けさせてもらいますので、ご安心ください」

「ありがとうございます。いい子にしていてね」

義父が大事な宝物を扱うようにベビーカーを押しながら副社長室を出た。

翔太を見送った私は寂しさがこみ上げる。

産まれてから一度も離れたことがないのだ。なかなか扉から目を離せない。

そんな私を見て真司さんは笑っている。

「何も心配することはないさ。今日は楽しもう。何が食べたい？」

「そうだね。何がいいかな……洋食が食べたいかも」

「わかった」

仕事を終わらせた真司さんと副社長室を後にした。

歩いている途中で給湯室が目に入り、ここでよくお茶を作っていたなと思い出す。そしてたまに彼が顔を出して話しかけてくれるのがとてもうれしかった。

「洋食。いい店を思いついた」

彼は指を鳴らして笑顔を向けてくる。

エレベーターに一緒に乗り地下の駐車場へ行く。役員専用の駐車場にはモーターショーかと思うほど高級車が並べられている。

私は車にあまり詳しくはないけれどかなり値段が張るものばかりだということはわかった。

その中の一台の鍵をリモートで解錠し、車に私を乗せた。そして自ら電話をして予約を入れてくれた。電話を切ると甘い笑顔をこちらに向けた。

「予約できた。なかなか予約が取りづらい店なんだけど、オーナーと顔見知りになってるんで特別室を用意してくれたみたい」

「そうなんだ。ありがとう」

車が走り出す。運転する横顔を見ていると胸がキュンとする。

結婚して夫婦になったのに恋人だった頃を思い出し、私はやっぱり彼のことが愛しているんだと実感していた。

年齢を重ねて、肌がシワシワになって白髪になっても、いつまでもデートができる二人でいたい。

「みなさんに会えてよかった」

「あぁ、子供の顔を見たいと言われていたし、みんなすずのことを気にしていたから」

「でも職場に来ると、秘書になりたかった夢を思い出したよ。仕事していた時期も楽しかったなって思った」

「そっか。また働かせてあげたい気持ちもあるけど、奥さんとしていろんなところに同行してもらう必要もあるから。子育てもあるし負担をかけてしまわないかなと思ってる」

「今は翔太のそばに長くいてあげたいし、愛する夫の帰りを待っていることも幸せだから。もし、子供が大きくなって時間的に余裕ができたら、働きたいな」

「わかった」

私の気持ちを理解してくれて夫は穏やかな表情を浮かべながら運転していた。

連れてきてくれたのは有名ホテル。正面玄関で降りて車をホテルのスタッフに預けた。

レストランは最上階にあり、かしこまった雰囲気だったので私は背筋が伸びるような思いがする。しかし案内されたのは完全なる個室だったので、これなら気兼ねなくゆっくりと食事を楽しむことができそうだ。

「ここのハンバーグのデミグラスソースが本当に美味しいんだ」

「楽しみ！」

付き合いたての頃のようにはしゃいでしまう。

子供が生まれてからというもの、ゆっくりと食事ができなかった。

せっかく誘ってくれたし、両親も子供の面倒を見ていてくれるというのだからこの時間を楽しもう。

私たちはノンアルコールカクテルで乾杯をした。

前菜から運ばれてきて、メイン料理に手捏《てご》ねハンバーグが出される。

じっくりコトコト煮たデミグラスソースには野菜の旨《うま》みが溶け込んでいて、とても美味しい。

「こんなハンバーグ食べたことない！」

「そうだろ？」

「翔太がもう少し大きくなったら食べさせてあげたいな」

「あぁ、そうだな」

私たちは二人きりになっても話の中心は息子のことばかり。翔太の存在が私たちの幸福度をさらに上げてくれているのだ。

真司さんと出会って子供が生まれてきてくれたことに心から感謝をしていた。

その後、他愛のない話をしながら食事をして、デザートまで楽しむことができた。

「真司さん、忙しいのに誘ってくれてありがとう」

「こちらこそありがとう。また来よう」

食事を終えて会計を済ませるとエレベーターホールに向かう。エレベーターの前で待っているとものすごく視線を感じ、振り返る。

「……っ」

そこには沙弥さんが立っていたのだ。まさかこんなところで会えるなんて思っていなかったのでびっくりした。

話しかけようと思ったけれどものすごく睨まれている。そして彼女の周りにはたくさんの人がいた。

先ほどまで笑顔だったのにきっと強張った表情をしてしまったのだろう。私の様子が変化したことに気がついた夫は、私の視線をたどり状況を把握したようだ。

「沙弥さん……」

「やっと会えた。私、挨拶してきたい」

近づこうとしたところ手をつかまれる。真司さんの顔を見ると頭を左右に振った。

「仕事の関係で来ているかもしれない。迷惑をかけることになるだろうから今は声をかけないほうがいい」

「そうだよね……」

諭されて留《とど》まることができた。

エレベーターの扉がタイミングよく開き、ホテルスタッフが扉を押さえていてくれる。中に入ると扉が閉まるまで深くおじぎをして見送ってくれた。

楽しかった気持ちが一気に落ちてしまう。そんな私を元気づけようとしてくれたのか真司さんが笑顔を向けてくれる。

「すず、もう少しいい？　今日は実家に泊まろうと思う。遅くなっても問題ないから」

「うん、でも……」

小さな子供を預けて両親に迷惑をかけてしまわないかと不安になる。

「実はリフレッシュをして来なさいって母からの提案なんだ。沙弥さんのことも全部わかっていて理解してくれている」

「そうなんだ。ありがたいね……」

「マスコミはあることないこと言うから、気にしないようにしよう。自分で自分を守ってあげないとな？」

「そうだよね。どうしても思いつめてしまって、気持ちが落ち込むことが多くて」

「母もそれを心配していた。子育てするだけでも体調を崩すことがあるからって」

子供はかわいくて仕方がないけれど、息抜きしたいときもある。義母が女性の先輩としてわかってくれることはとても心強い。

「ただ、沙弥さんがあまりにも酷い発言をしたら、会社として訴えなければいけない。そこは注視しておかなければいけないと思っているけれど」

これ以上、問題が大きくならなければいいなと私は願うばかりだった。

エレベーターから降りて正面玄関を抜けると車が用意されていた。

乗り込み走らせる。

前から思っていたけれど、真司さんの運転って丁寧で乗り心地はいい。まるで彼の性格を表しているかのようだった。

だんだんと海が見えて、レインボーブリッジを眺めることができる公園に連れてきてくれた。

車から降りてドリンクをテイクアウトし、並んで歩く。

夜風はぬるくてじめっとしているけれど、時々強く吹くと心地がいい。

周りには何組ものカップルが肩を寄せ合っていた。ベンチに腰を下ろす。

「翔太も大きくなったらいつか好きな人とこうやってデートするのかな」

「そうだろうな。すずみたいな、いい子を連れてきてくれればいいけれど」

「きっと翔太なら素敵な女性を連れてきてくれると思う」

親馬鹿かもしれない。でも私たち夫婦は息子にたっぷりと愛情を注いでいるから、いい子に育ってくれる気がする。

「子供ってあっという間に大きくなって成人してしまうのかもしれないね」

「あぁ、そして親元から離れていく」

「どんな大人になるか成長が楽しみだけど、ちょっと寂しい気もするね。だから、そばにいられる間は大事に育てていかないとね」

「そうだな。俺も立派な父親だと思ってもらえるように頑張らなきゃな。子供は親の背中を見て成長するっていうし」

「真司さんは立派な父親だよ。世界一」

私は子供にお父さんがいかに素晴らしい人なのかということをずっと伝えていくつもりでいる。

夜景から彼に瞳を移すと彼はとてもやさしい目をしていた。そして顔が近づいてきて唇を重ねてくる。

「俺も、翔太にお母さんが誰よりも心が広くて素晴らしい人だって伝えていく」

「うふふ、ありがとう。照れちゃうなぁ」

ジュースを口に含んで夜景を眺めた。

水面に光が映っていて揺れて美しい。

偶然にも沙弥さんに会ったことは心に引っかかるところもあるけれど、久しぶりにゆっくりとした時間を過ごすことができた。

こうしてリフレッシュすることを提案してくれた義母と、面倒を見てくれている義父、連れ出してくれた真司さんに感謝をしよう。


夫の実家に到着したのは、二十二時。

何度もお邪魔させてもらっているけれど、相変わらず立派な外観の一軒家である。

門が開くと広い道路があって駐車場に車を入れる。駐車場には何台もの高級車が停車してあった。

「お邪魔します」

小さな声で言うと真司さんがクスクス笑う。どうしたのだろう？

「まるで人の家に入るようだな。家族になったんだ。そんなに遠慮しなくてもいいんだぞ」

「そんなわけにいかないよ……。もう眠っているかもしれないし」

「いやどうだろうな。二人で仲よく晩酌でもしているじゃないか？」

リビングに入ると、真司さんの言ったとおり、ご両親は起きていて晩酌を楽しんでいるところだった。

「すずさん、お帰りなさい。楽しかった？」

義母が温かい笑みで出迎えてくれる。

「はい、面倒を見ていただき、ありがとうございました」

リビングの隣にある小さな和室で翔太はおもちゃを握りしめながら眠っていた。我が子の姿を見た私は安堵して嫌なことを一気に忘れることができる。

翔太の周りには見たことがないおもちゃがたくさん積み上げられていた。

だけどつい先日、気がつけば歩いていて危ないから心配なんだと話していたのだ。

「ありがとう。覚えていてくれたんだね」

「ほとんどすずに任せきりだけど、俺も俺なりに父親として役に立てることがあればいいなと思っていて」

箱を持ってリビングに入る。遊ばせてあげたいけど翔太はもう眠りの世界に入っていた。

「明日は休みだから、昼間にこれを出してゆっくりと遊ぼう」

「うん！　きっと喜ぶと思うなぁ。本当にありがとう。お腹空いたでしょ？　ご飯にする？　お風呂にする？」

何気なく質問したのに彼は楽しそうにもらっている。

「すずにする」

そう言うといきなり両手を伸ばして抱きしめてきた。

一緒に住みはじめて結構時間が過ぎてきているのに、こうしてたまにドキドキさせられる。

「もう、真司さんったら」

恥ずかしさを隠すために発言した。

「うれしいくせに」

「うれしいけど……」

顔を上げて彼を見つめるとやさしい瞳で見つめてくれている。そのまま私たちは顔を近づけて唇を重ね合わせた。

「じゃあご飯にするかな」

「準備するから着替えてきて」

「わかった」

私の作った料理を美味しいといつも食べてくれる。こうした平凡な日常が私にとってとても幸せなことだった。

土曜日の朝になり、今日は何も予定がないと言っていた真司さんは手押し車を出す。翔太は珍しそうにじっと見つめていた。

手押しで押して歩くことができ、さらには持って車のように遊ぶこともできるものだ。

「翔太、ほら。ここにつかまって歩いてみたらどうだ?」

重たいお尻をよいしょと持ち上げて、なんとか立ち手押し車に手を乗せた。小さな足をゆっくりと一歩ずつ前に踏み出す。

すると車が動いたので最初は驚きバランスを崩して倒れそうになった。

「おっと」

真司さんが慌てて手で捕まえる。

怖がって泣いてしまわないかと私は心配して見ていたが、翔太は楽しそうにケラケラと笑っている。

そしてもう一度手押し車につかまった。今度はコツを覚えたようでスイスイと歩いていく。

「覚えが早いな。さすが俺の子だ」

真司さんが頭を撫で、褒められた翔太はご機嫌がよくなる。父のことが大好きみたいだ。

部屋中を歩いて、疲れたら車の上に跨《またが》る。両足を蹴ると車が進んでいくのだ。ハンドルも付いていて男の子が好きそうなおもちゃだった。

「これだと足腰も鍛えられそうだな？」

「そうだね。男の子だから特に力はいっぱいつけなきゃいけないし。運動神経がよくなれば将来スポーツも得意になるかも！」

「それはありえる。俺はほとんどのスポーツが得意だから」

「うふふ、真司さん自信満々だね」

顔を近づけてニコッと笑うと彼も負けないぐらい笑顔を返してくれた。

翔太は張り切って遊んだのでお腹が空いてしまったようだ。

離乳食を準備してランチを食べさせているとき、スマホに着信が入った。誰かと思えば父からだ。

「お父さんから電話なんだけど出てもいいかな？」

「ああ、俺が食べさせておくからいいぞ」

たまに連絡をくれるので、いつもの調子で私は電話に出た。

『もしもし』

「お父さん。どうしたの？」

『今大丈夫か？』

「うん、真司さんが面倒を見てくれているから大丈夫よ」

少し間があったので、特別な話をされるのだと思い私は息をひそめた。

『実は、沙弥がデザイナーのコンテストで新人賞を受賞したんだ。素晴らしい栄誉なことだ。パーティーを開こうと思うんだが……、そこに招待をしたい』

「おめでとう！　すごいですね。でも出席して嫌な思いをさせない？」

『いろいろ考えたんだが、やはり永遠にこのまま憎んでいる気持ちで過ごすのは沙弥も辛いと思う。だから直接対面して話をしたほうが解決になるんじゃないかと思ったんだ』

「……うん。私もそう思う。真司さんと相談してどうするか決めさせてもらうね」

『沙弥には我が社の服のデザインも正式に依頼することになった。だから会社関係者もたくさん呼ぶことになるんだが、真司君のご両親にも招待状を出すつもりだ』

「なるほど。また連絡するね。じゃあ」

電話を切ると今年は真司さんに瞳を向けた。

やり取りを聞いていたので彼は心配そうだ。事情を話すとしっかりと頷いてくれる。

「すずが会いたいと思うなら俺は反対しない」

「ありがとう。ちゃんと話せる時間が取れるかもわからないし、もし二人きりになったとしても話せる雰囲気にならないかもしれない。でも私はそれでもこの機会を大切にしたいって思うの」

「ああ……。何もしてあげられなくて申し訳ないけれど応援してるから」

「うん」

「それにしてもさすが才能がある人だ。次々とコンテストに入賞していくな」

感心したようにつぶやいていると、翔太が食べさせてほしいのか口を大きく開けていた。

「あーまんま」

「悪い。食事中だった。食べることに集中しよう」

真司さんは息子に移動しそうだ瞳を向けて口元に食事を運んでいた。

会いたい気持ちはあるけど本当に行ってもいいのか。

私は数日間考え、正式に参加させてもらうということを父に連絡を入れた。

パーティーは二週間後。妹と分かり合えるようにと願うしか今はできることがなかった。

◆

パーティー当日になり私は朝から緊張していた。

ベージュのワンピースを着て化粧をする。鏡に映る自分はどことなく妹に似ているように見えた。

準備を終えたころベビーシッターが家にやってきた。翔太を連れていこうかとも考えたけれど、まだ幼いので長時間になるとストレスを溜めてしまうかもしれない。夫に相談したところベビーシッターに依頼しようという話になった。

「いい子にしているのよ」

いつもよりおしゃれをしている私を見た翔太は、不思議そうに瞳をぱちくりとさせていた。

「それではよろしくお願いします」

真司さんがベビーシッターに挨拶をして、私たちは玄関を後にした。マンションの外に出ると河野さんが運転する車が控えていた。

乗り込むと発車する。緊張していて指先が冷たくなっていた。

沙弥さんとはほとんど話したことはないが、私ははっきりと覚えている。彼女はどうだろうか。

そんなことを考えているとホテルに到着し車から降りた。

会場内は、たくさんの人で賑わっている。

人だかりができているところがあり、その中心に沙弥さんが立っていた。

ストレートの黒髪を下ろしていて、部分的に紫のメッシュが入っている。綺麗な鎖骨まで見える紫色のドレスを着ていてとても美しい。

話せるチャンスがあるだろうかと思いながら眺めていた。

パーティーがはじまり、主催者である中渡社長が登壇する。

「本日はお忙しいところお集まりいただきありがとうございます。我が娘である沙弥がウエアゴールドジャパンにて新人賞を受賞しました」

大きな拍手が会場に湧き上がり、沙弥さんはうれしそうにお辞儀をする。

「繊維メーカーを営んでいる者としてとても光栄です。このたび娘がデザインした洋服のブランドを立ち上げることになりました。本日はいくつか商品をお披露目したいと思いますのでどうぞよろしくお願いします」

ステージ上に立っている中渡社長は私の父親であるのに、どこか遠い存在に感じた。父は沙弥さんのことがかわいくて仕方がないのだというのが伝わってくる。

それは私に向けられる愛情よりも、もっと深いものだと感じた。一緒に過ごした年月も長い二人だ。仕方がないことである。

会場が暗くなってスクリーンに映像が映し出される。沙弥さんのブランドのプロモーションビデオだった。

沙弥さんはモデルを使わなくてもいいぐらい美しい人なので、自分で作った服を自分で着て画面上に映っている。

「素晴らしいね」

「あの若さでブランドを立ち上げるとは感心だ」

近くにいる壮年男性がヒソヒソと話している声が聞こえた。

沙弥さんにはもっと飛躍してもらいたい。彼女の活躍を心から願っている。

映像に見入ってると肩をトントンと叩かれた。振り返ると父が立っていて手招きをする。私は真司さんに断りを入れてから会場の外へと抜け出した。

父と二人で廊下に出て人目につかないように柱の陰に隠れた。

「よく来てくれたね」

「いえ、こちらこそお呼びいただきありがとうございます」

「沙弥にはすずさんが来ることを伝えていないんだ。大勢の目の前で会ったら取り乱してしまうかもしれない。部屋を用意しておいたから、そちらで待機していてくれるかな」

「わざわざありがとうございます」

「落ち着いた頃を見計らってその部屋に連れていくから」

私は父から鍵を受け取り、しっかりとした足取りで向かっていく。

用意されていた部屋はツインルーム。

ソファに腰を下ろして静かな部屋で黙って待ち続ける。

緊張で唇が乾くが水分を取る気にもならない。

自分の気持ちをしっかり伝えようとは思うけれど、何から話せばいいのだろうか。

本当にこの場所に来てくれるのか。息が苦しい。

待っている時間がこんなにも長いとは思わなかった。


三十分くらい待っただろうか。部屋の前に足音と話し声が聞こえてきた。

「いいから入ってみてくれ」

「えー？　何があるの？」

壮年の男性と女性の声がし、その人たちが父と沙弥さんだとわかった。

私は立ち上がりじっと扉を見つめる。

ドアがゆっくり開き女性が顔を覗かせると満面の笑みだったのが消え強張った表情に変わる。

「お父さん、どういうこと？　私のことを騙したの？」

「沙弥、落ち着いてくれ。二人はゆっくり話す必要があると思ったんだ」

「私には関係ない！　お父さんが勝手に隠し子を作ったんでしょう」

ものすごい剣幕《けんまく》だったので私は驚いて何も言えなかった。しかし我に返ってせっかく連れてきてくれたのだからと彼女に近づく。

父がなんとか部屋に押し込むようにして入ってくれた。

「沙弥さん」

「……」

「すずと申します。ずっと会いたかったです」

「……私はあなたのことを憎んでる。好きな人を奪って、さらには父の愛情もあなたに注がれているなんて許せないわ」

強い眼力を向けられて怖気《おじけ》づきそうになった。しかし憎まれてしまうのも仕方がない。それを覚悟でここに来たのだから、私はしっかり気持ちを伝えようと思った。

「私も妹がいるなんてずっと知らなかったんです。しかも妹と同じ人を好きになっていたということも……」

彼女は腕を組んでイライラしたように人差し指で腕を叩いていた。話を聞いてくれているのかわからないけれど真剣に言うしかない。

「私の母はお金持ちの父に捨てられたと思っていたので、私はお金がある人や地位がある人のことを好きにならないって決めていました」

沙弥さんはムッとしていたが、私は言葉を続けていた。

「真司さんに出会ったとき、彼が大企業の息子だということを知らなかったんです。気がつけば好きになっていて……。そしてたまたま同じ会社で働くことになり……」

「そんな作り話、信じられないわ」

「本当なんです」

軽蔑したような視線が痛い。

「妊娠もあなたが仕組んだんじゃないの？」

「妊娠は……事故でした」

「信じられないわ。本当はお金持ちの男の人だって知っていたから妊娠するように避妊を失敗させたんじゃないの？」

「そんなことはありません。そうだとしたら私は妊娠がわかった時点で彼に伝えて結婚を迫っていました」

「……」

「愛する人の子供を絶対に産みたい。一人でも必ず守り抜いていくって思ったんです」

彼女は大きなため息をついて壁に背中をつけた。

「でも彼が迎えに来てくれました。その後、私は沙弥さんが妹だということを知りました。真司さんは沙弥さんと話をつけてきたと言っていたんですけど、それでも私は血のつながった妹も好きだった人と結婚することに罪悪感を覚えていて……」

「ふん、よくできた話ね。あなたが消えてくれてせいせいしていたのに」

（やっぱり、結婚前に誰かにつけられていたのは彼女の仕業だったのかな……）

「でも私はあなたのことを許すつもりはない。気が済むまでＳＮＳで心情を発信し続けると思うわ」

「それはやめろ！」

黙っていた父が声を発した。

「お前の発言でどれだけの人が迷惑していると思ってるんだ。会社の信用問題にも関わる」

娘を叱りつける父を私は止める。

「お父さん。沙弥さんのことを責めないでください。それほど傷ついているんですよね。私のことは罵ってもかまわない。でもとても悲しい。それは、あなたは私のたった一人の妹だからなの」

真剣な目で見つめると彼女は表情を強張らせていく。

「私という存在が急に出てきて好きな人を奪われて許せないかもしれない。でも、私だって悲しい思いをしてきたの。父がいなくて寂しかったし、ずっと憎んでいた。その間、沙弥さんは父からの愛情を独り占めしていたのよ」

「……それは父に言ってよ」

私はやさしい笑顔を向けて頷く。

「ええ、そうね。あともう一つ伝えたかったのは、血のつながった姉妹が欲しいってずっと願っていたの。できるはずもないのに夜中、布団の中で、もし妹がいたらあんなことやこんなことをしたいって想像していたのよ」

「……私も姉妹がほしいって父に言ったことがあった」

彼女はつぶやいた。

「どんなに憎み合っても私たちは紛れもなく姉妹なの。あなたに許してもらおうとは思わない。でもこれからも陰ながら応援させてほしい。健康でたくさん作品を生み出して世の中を幸せにしてほしいって心から思っている」

「馬鹿じゃないの」

声を荒らげたけれど沙弥さんは涙をぽろぽろと流している。

「私はあなたたち家族を苦しめようと思ったのよ。有名になってきたから発信力もあるって自覚していて、あなたの家族もあなたの夫の会社も迷惑して、みんなが嫌な思いになればいいと思ってた。私のこの醜い心を知っても妹だから応援したいなんて言える？」

「言えるよ。だって大切な妹だから」

私はまっすぐに彼女の瞳を見つめて即答した。そして彼女に近づき手首を握った。

大きな瞳から涙が溢れてくるので、私はやさしい笑顔を浮かべて親指で雫《しずく》を拭う。

「沙弥さん、辛い思いをさせて本当にごめんなさい」

「どうして？　私のことを憎いでしょ？」

頭を左右に振って微笑んだ。

「それが全然思わないの。今こうして妹と話せていることに幸せを感じてる。変な人って思われるかもしれないけど。沙弥さんがこの世の中に生まれてきてくれてありがとうって思えてるの」

本心だった。

私も子供を産んで親となり、人の存在というのを強く感じるようになったのかもしれない。

どんなに辛いことをされたとしても血のつながっている奇跡は変えられないと思っ

たのだ。

もちろん血のつながりがなくても家族として強い絆を持って生きている人もいる。

血がつながっていても一度も交わることなく人生が終わることだってある。

だけど私はこうして出会えたのだ。

彼女と分かり合い少しずつ絆を作っていきたい。

「私は……こんなにお人好しな姉を持っていたのね」

彼女は泣きながら微笑んでくれた。

「彼に選ばれなかったことに腹を立てたのは私なの」

「……沙弥さん」

「今思えば彼の何を知って好きだったのかなって思ってる。私は表面的なものしか見ないで今までの人生は生きてきた。これからはデザイナーとして飛躍していけるように人間の内面をしっかり見極められるいい女になりたい。一般人のすずさんを巻き込んで、苦しい思いをさせて本当にごめんなさい。どうか許してください」

彼女は頭を深く下げた。

「うん。今までのことはなかったことにしよう。大事なのは未来だよね」

私たちは心からわかり合えたように感じた。涙を流し合って、抱きしめ合う。

「これからも応援してるから」

「ありがとう。本当にありがとう」

視線を動かすと私たちの父が涙で顔をぐちゃぐちゃにしていた。

「私も心を入れ替えて頑張る」

「ええ、ずっと応援しているからね」

話が終わり、沙弥さんと挨拶したい人がまだまだたくさんいるので会場に戻ることになった。

しかし、泣かせてしまったせいで、さすがにこんなにぐちゃぐちゃな顔で帰ることができない。私の持っているメイク道具で化粧直しをする。

「お姉さん上手ね」

鏡を見て満足そうに笑ってくれる。

「何かあったら連絡ちょうだい」

バックから名刺を取り出して、プライベート用の連絡先を書いて渡してくれた。

彼女は忙しそうに部屋を出ていく。

私の心には温かい気持ちが広がっていた。

「すずさんはこちらで待っていて。真司さんを呼んでくるから」

「はい、あ、あの」

「ん？」

私は彼を思わず呼び止めた。

「お父さん。本当にありがとう」

「礼を言いたいのはこちらだ。ありがとう」

やさしい笑みを浮かべて彼は部屋から出ていった。

二人がいなくなった部屋で私は脱力していた。

思っていたより緊張して体に力が入っていたのかもしれない。ソファに座って深呼吸を繰り返す。

勇気を出して、妹とわかち合うことができたので本当によかった。怖かったけど、話せたことが胸にしみる。これからはもっと絆を深めていきたい。

しばらくして真司さんが部屋に入ってくる。

「社長から話は聞いた。頑張ったな」

「すごく素敵な妹だった。これからは姉妹としてちゃんと付き合っていけそうだよ。心配かけて本当にごめんね」

夫はやさしく私のことを抱きしめてくれた。

その夜、私は早速自分の携帯からメッセージを送った。

『私の連絡先です。今日はパーティーで疲れたでしょうからゆっくり休んでね』

『お姉さん、連絡ありがとう。お姉さんこそゆっくり休んでね』

こんなやりとりができる日が来るなんて思っていなかったので、うれしくて思わず頬が緩む。

その後、恒例となっているSNSチェックをした。

『異母姉と和解できました。世界一素晴らしい姉妹になっていこうと決意していま す。みなさんには誤解させるようなことを言ってしまい本当にごめんなさい。素敵な姉に出会わせてくれた父に感謝しています』

書き込みに対してたくさんのコメントがついていた。

これでやっと追いかけ回されることもなくなるだろうし、会社にも迷惑をかけなくて済む。私は感動と安堵がこみ上げてきて泣きそうになった。

◆

それから私は妹と完全に仲がよくなった。あんなに憎まれていたのに今では大事な姉として扱ってくれている。

今日は休日なので家族で公園に来ていた。

秋も近づいてきて少しずつ紅葉になりつつある景色を見つめながら、手作り弁当を食べている。もちろん、おにぎり入りだ。

翔太は、かぼちゃを柔らかく煮た離乳食が大好きで、彼用に特別に持参している。

真司さんの膝の上で満足そうに食べる姿をとてもかわいい。リスのように頬を膨らましてもぐもぐと食べている。

「美味しい？」

「まんまっ」

口の周りを拭いてあげてにっこりと笑った。

休日に公園に来るのはやっぱりいい。

真司さんも日頃の仕事のストレスから解放されてスッキリした表情をしている。

「ごちそうさまでした」

食事が終わり、気がつけば息子は夫の胸の中でぐっすりと眠っていた。

「実は沙弥さんとコラボをして、うちの会社でもベビー服に力を入れることになったんだ」

「そうだったんだね！」

「楽しみだ。きっといい商品ができると思う」

「うん！」

「仕事相手としてしっかりやってくれているから何も心配することないからな」

「大丈夫。信頼しているから」

一時期はどうなるかと思ったけれどしっかり和解をして、ビジネスパートナーとしてうまくやってくれているようだ。

沙弥さんが真司さんへ未練がないか心配していたけれど、先日アメリカ人の彼氏ができたと紹介してくれた。

突然テレビ電話がかかってきて応答すると『お姉ちゃん、彼氏のジェフ！』と言われたのだ。

楽しそうにやっている姿を見て私は安堵した。彼女にも幸せになってほしいと心から思う。

「そういえば母が結婚式場の候補をいくつか探してくれたんだ」

「ありがたいね」

「えっと」

スマホを操作して見せてくれる。

どこも素敵な会場で迷ってしまう。

結婚式についても具体的に動き出さなければいけない時期になってきていた。

来年の秋には、結婚式をしてほしいと両親から要望があった。

大企業の息子が結婚式をしなければ、やはり妻を紹介できないので問題があるようだ。

「ウェディングドレス……沙弥にデザインしてもらいたいと思うんだけどどう思う？」

「いいんじゃないか？」

「聞いてみようかな……」

もし妹がデザインしたドレスで結婚式を挙げることができたら幸せなのではないかと思った。

◆

今年も最後の月となり、そろそろクリスマスが近づいてきているので、街は華やかな雰囲気だった。ここのレストランの内装もクリスマス仕様だ。

「お姉ちゃん、あのツリーかわいいね」

「本当だ。ピンク色のツリーもお洒落《しやれ》」

妹と和解してから父と三人で食事にしようとの話になった。翔太は義母が預かってくれている。

今日はホテルでフレンチを堪能しているところだ。

本日のコースは、北海道の食材をメインに使った料理を提供しているらしい。

「メイン料理は白老牛のローストでございます。赤ワインソースをつけてお召し上がりくださいませ」

スタッフが料理を目の前に置いて丁寧に説明し、笑顔で去っていく。

沙弥が慣れた手つきでフォークとナイフを使いこなし牛肉を口に入れた。

「んー、この牛、すっごく美味しい！」

幸せそうに顔をくしゃくしゃにする。その表情を見ている私は幸せな気持ちに包まれて、自らもステーキを口に運んだ。

「本当、たまんない。脂が甘い！」

「でしょう？　柔らかくて頬が落ちそう」

「北海道の食材は美味しいな」

父がしみじみとつぶやいた。

「こんなに美味しい牛があるなら現地に行って食べてみたいわ。ね、今度時間を合わせてみんなで北海道旅行しましょうよ」

沙弥が楽しそうに誘ってくるので私は二つ返事をした。

「北海道に住んでたけど本当にいいところだった。何を食べても美味しいし。すごくお世話になっている母の友人もいるの。沙弥にも紹介したいし、絶対に行こうね」

「うん！　行こう！　後で家に帰ったらスケジュールを確認するから。連絡入れるね」

「わかった」

翔太も成長してきたし、雪子さんにもうそろそろ一度会わせてあげたいななんて思っているところだった。

続いて北海道産チーズのリゾットが運ばれてきた。

「わぁ、これも濃厚で美味しい！」

どの料理も頬が落ちてしまいそうだ。

出てくる料理に舌鼓を打ち、デザートまで食べ終えた私たちは、ゆっくりと会話をする。

「クリスマス商品の売れ行きがよくてね。今は春の商品を考えてるんだけど。衣服だけでなくバッグにも手を出そうかなと思っていて」

沙弥が想像を膨らませている表情がとても魅力的だ。

「いいと思う。沙弥の考えるバッグ、私も欲しいなぁ」

「靴もいつかデザインしてみたいと思ってるんだ」

彼女の仕事は順調そのもの。

明るいキャラクターもあって、SNSのフォロアー数は一五十万人を突破したらしい。デザイナーとしてだけでなく、かわいらしい容姿も相まってモデルとしての仕事も入ってくるようになったそうだ。

人前に出ることが多くなりさらに美しさに磨きがかかっているように見えた。

「ところでお姉ちゃん、結婚式の日程が決まったの？　絶対に出席したいから早めに予定を教えて」

「うん、来年の秋頃、結婚式を挙げることにしたの」

「おめでとう！　じゃあ、ウェディングドレスのデザインをさせてもらおうかな？」

「え？　いいの？　うれしくて泣いちゃう」

妹にドレスのデザインをしてもらうなんて最高すぎる。涙目で見つめると沙弥は楽しそうに笑う。

「お姉ちゃん、まだデザインのデッサンすらしてないんだから泣かないでよ」

「だって、沙弥にデザインしてもらったらすごくうれしいよ！」

私たち姉妹の会話を父は温かい表情で見て聞いてくれている。

「大好きなお姉ちゃんには幸せになってほしいって思うから。私からのお祝いということで、ぜひデザインさせて？」

「沙弥、うん、お願い！」

妹がデザインしてくれるなんて感動で胸がいっぱいになる。こうして打ち解けることができて本当によかった。

父が仲を取り持ってくれたことと、私が絶対に妹と分かり合いたいと諦めない気持ちがこのような結果を作ってくれたのだと思う。

それから私たちは結婚式場を決め、招待する人をどうするか、引き出物をどうするか話し合いをして忙しい日々を送っていた。

妹にドレスのデザインをしてもらえることを夫に伝えたときは、自分のことのように心から喜んでくれていた。

まず簡単なデッサンを描いて候補をいくつか持ってきてくれた。悩みに悩んでその中から一枚を選ぶと今度はもっと本格的に描いてくれる。

私の話を聞いてイメージが湧いたとサンプルを持ってきてくれたときは素晴らしくて、結婚式を迎えるのが楽しみになった。

そして、さすがプロのデザイナーだなと妹のことをさらに尊敬した。

夫と結婚式の打ち合わせをしていると、二人の仲がだんだんと深まっていく気がする。

仕事が忙しくて「すべて任せる」なんて言って力を貸してくれない人もいると聞いたことがあるが、真司さんは丁寧に話を聞いて意見を言ってくれるのだ。これは彼の性格がいいから助かっていることなのだと思う。

結婚式まで忙しい日々が続くと思うが、一生に一度のことなので精一杯頑張ろうと決意をしていた。

エピローグ

いよいよウエディングパーティが行われる日になった。

お披露目の意味での結婚式は先日終えたが、あまりにも緊張しすぎてほとんど覚えていない。

会社関係の偉い人がたくさん来ていて挨拶をするだけで必死だった。

本当は海外に行きたかったけれど、時間的に厳しかったので沖縄を選んだ。

本日は、天気がよくて空も海も透き通っていて美しい青だ。お招きしている友人も気分が上昇するに違いない。

私は妹がデザインしてくれたウェディングドレスに身を包んだ。レースがふんだんに使われていて細かな刺繍《ししゅう》が入っている。

この世の中にたった一着しかないドレスを着ることができて、何とも言えない感動に包まれていた。

「お姉ちゃん、とても綺麗よ」

「ありがとう。沙弥にデザインしてもらってほんとによかった」

ドレスの裾を直してくれて妹はやさしく微笑んだ。

「こちらこそ、大切な結婚式のドレスのデザインをさせてくれてありがとう。お姉ちゃん、ますます幸せになってよ」

「うん。これからもよろしくね」

「じゃあ、先に行ってるね」

妹は参列席に行くため一足早く控え室を出ていく。

沙弥と本当の姉妹になれたことが私にとって大きな出来事であった。

お互いに辛い思いもしたけれど、今こうして乗り越えてドレスのデザインをしてもらえたことは何よりも幸せなことだ。

控え室で待機をしながら、鏡をじっと見つめる。

今日はたくさんの友人もお祝いに来てくれるので楽しみでたまらない。祝ってもらえる幸せな日だ。

ドアがノックされて扉が開き、夫が入ってくる。

お披露目の結婚式ではしっかりと彼の姿を見る余裕もなかった。

グレーのタキシードに身を包み、こちらに向かって歩いてくる姿は、まさに王子様だ。

この人と結婚することができてほんとによかった。

家族になれて心からうれしい。

胸が温かくなって思わず泣きそうになった。

「すず、すごく綺麗だ」

「ありがとう。真司さんも素敵」

二人で見つめ合っていると、この幸せな時間が永遠につづけばいいと思ってしまう。いや悲しいことをたくさん乗り越えてきたから、これからは幸せが続くのだと確信する。

彼は私の手をそっと取りまっすぐに見つめてきた。

「これからもすずと翔太のことを永遠に幸せにするって誓う」

急に真面目な顔をされたので照れ隠しに私は笑った。

「私も誓う。明るくて楽しい家庭にしていこうね」

「ああ」

息子も着替え係員に連れられやってきた。タキシード姿の息子は夫のミニチュアバージョン。そっくりで小さいのにとてもハンサムだ。

「翔太、素敵ね」

「う！」

私たちは三人でチャペルへと向かった。

仲良く三人で入場する。

真っ白なバージンロード。

ガラス貼りの壁。外の景色は青い空と海が広がっている。

太陽の光が差し込みキラキラとした空間になっていた。

ゆっくりと三人で歩き、客席に無垢《むく》と、大きな拍手に包まれる。

私たちは人前式を選び、集まってくれた人たちの目の前に立つと誓いの言葉を述べた。

「それでは誓いのキスをしてください」

女性の司会者の声で私と彼は向き合う。

彼の腕には息子が抱かれており、左頬には夫が右頬には息子がキスをしてくれた。

「これからもママのことを幸せにしていこうな」

夫が息子に話しかけるとにっこりと笑顔を浮かべた。

あとがき

こんにちは。ひなの琴莉です。

久しぶりにマーマレード文庫さんで作品を発表させていただけたこと、とても嬉しく思っております。マーマレード文庫さんでは、2020年発売の『政略結婚、どうぞよろしく～クールな御曹司の独占愛～』ぶりです！　こちらの作品もとても気に入っているので、もし機会があればぜひ、読んでください。

今回の作品、いかがだったでしょうか？　楽しんでいただけましたか？

プロットができあがった時点で、素敵なお話になったなぁと感じて、ものすごく頭に映像が浮かびました。執筆も楽しくすることができ、心に残った作品の一つです。

今回、特にこだわったのは、ヒーロー目線です。愛する人を手に入れるために、奮闘する彼を一緒に応援してくれたらと思います。

二人の感情描写を丁寧に書こうと心掛け、ゆっくりと物語を進めていき、読み終わった後に幸せな気持ちになってほしいなと思いを込めています。

そして、赤ちゃんが出てくるお話が大好きなのですが、今回はそのようなお話を書けて本当にありがたかったです。

最後に、お礼を言わせてください。

作品に関わってくださった、イラストレーター様、編集部の皆さんなど、すべての皆様に心から感謝いたします。

そして、こちらの本を手に取り、読んでくださっている読者様がいるからこそ、こうして物語を作ることができます。応援してくださる皆様、本当にありがとうございます。

……も、もしよければ、感想など、お手紙いただけたら、とても喜びますっ！

この作品が発売されるのは2月。

寒い時期だと思いますので、皆さん身体をポカポカにして、お過ごしくださいね。

またどこかでお目にかかれる日を楽しみにしております。

ひなの琴莉

マーマレード文庫

秘密の授かり婚
～身を引こうとしたけど、エリート御曹司が逃がしてくれません～

2022年2月15日　第1刷発行　定価はカバーに表示してあります

著者　ひなの琴莉　©KOTORI HINANO 2022
発行人　鈴木幸辰
発行所　株式会社ハーパーコリンズ・ジャパン
東京都千代田区大手町1-5-1
電話　03-6269-2883（営業）
0570-008091（読者サービス係）
印刷・製本　中央精版印刷株式会社

Printed in Japan ©K.K. HarperCollins Japan 2022
ISBN-978-4-596-31971-5

m a r m a l a d e b u n k o